Peter Meyer

Mike Potter und das tödliche Testament

Kriminalerzählung

Peter Meyer

Mike Potter
und das tödliche Testament

Kriminalerzählung

TRIGA\VERLAG

Die Deutsche Bibliothek – CIP-Einheitsaufnahme
Meyer, Peter:
Mike Potter und das tödliche Testament :
Kriminalerzählung / Peter Meyer. –
Gelnhausen: TRIGA\VERLAG, 2000
ISBN 3-89774-077-X

1. Auflage 2000

Herzbachweg 2, D-63571 Gelnhausen

Umschlaggestaltung: R. Marcel Extra, Frankfurt
Satz: Beate Hautsch, Göttingen
Druck: Digital-Druck GmbH, Frensdorf
Printed in Germany
ISBN 3-89774-077-X

Der Untersuchungsrichter war jung und forsch, träumte von einer glänzenden Karriere und hatte keine Hemmungen, diesem hohen Ziel bedingungslos alles zu opfern. Ehrgeiz war der Motor, der ihn unablässig antrieb, der sein Handeln und Denken bestimmte und ihn vergessen ließ, dass es Menschen waren, über deren Schicksale er zu entscheiden hatte. Die Stimme klang eisig, fast unbeteiligt, seine schmalen Lippen bewegten sich kaum.
»Sie finden das gar nicht merkwürdig? Ein fremder Anwalt taucht plötzlich in dieser Stadt auf, um einen sehr zweifelhaften Prozess zu führen, und prompt ereignen sich die seltsamsten Unfälle. Drei Menschen sterben, alles Beteiligte Ihres Verfahrens, Sie sind der lachende Erbe. Und das nennen Sie Zufall? Nach Aktenlage nenne ich das Mord!«
»Merkwürdig finde ich nur Ihre Wortwahl. Erstens ist der Prozess nicht zweifelhaft, sonst hätten Ihre Kollegen von der Strafkammer ihn wohl kaum zugelassen, geschweige denn so entschieden.« Er blickte den Richter ironisch an. »Zweitens bestimmt das Testament etwas völlig anderes. Ihre recht laienhafte Auslegung ist völlig unerheblich. Sie haben über die Erbfolge nicht zu entscheiden. Und schließlich habe ich den letzten Unfall nur mit sehr viel Glück überlebt, sonst wäre ich nicht hier und Sie müssten Ihre Predigt auf dem Friedhof halten. Auch das ist Ihnen offensichtlich entgangen.«
»In-te-res-sant.«
Er sprach die Silben einzeln, sehr gedehnt. Sein Gesichtsausdruck zeigte deutlich, was er von seinem Gegenüber hielt. Nichts, oder besser gesagt: ein Gegner, der bekämpft, vernichtet werden musste. Für ihn war automatisch jeder

ein Gegner, der in dem Verdacht stand, das Gesetz verletzt zu haben. So behandelte er die Verdächtigen auch. Untersuchungshaft war für ihn ein prächtiges Erziehungsmittel, eine hervorragende Einrichtung, die Allmacht des Staates und seiner Organe zu demonstrieren.

»Wenn ich Sie so höre und Sie mir ansehe – Nadelstreifen, gestärkter Hemdkragen, Verbindungsabzeichen, wahrscheinlich Aktenkoffer, dann hat sich Ihre Gesellschaft seit der Steinzeit nicht wesentlich verändert. Nitus germanicus – die germanische Niete. Auch damals gab es den großen Häuptling, der mit seiner Keule für Recht und Ordnung sorgte. Und die so heilige Inquisition folterte und mordete auch Unschuldige mit päpstlichem Segen. Aber diese Perversion christlicher Nächstenliebe hat der Vatikan immerhin schon 1965 formal aufgegeben. Also?«

»Ich muss doch sehr bitten. Mäßigen Sie sich, sonst sehe ich mich gezwungen, gegen Sie auch wegen Beleidigung vorzugehen.«

»In-te-res-sant«, ahmte sein Besucher ihn nach. »Dass Sie mich so einfach einen Mörder schimpfen, ist keine Beleidigung? Hängt deshalb das Kreuz an der Wand nicht vor, sondern hinter Ihnen? So können Sie ihm beruhigt den Rücken zukehren und bekommen kein schlechtes Gewissen.«

Die Fassade dieses selbstherrlichen Vertreters von Recht und Moral bekam Risse. Hochrot lief er an und verlor für zwei Minuten die Sprache. Außer »äh«, »was glauben Sie« und »ich werde« war nichts zu hören, was einen Sinn hätte ergeben können.

Rechtsanwalt Potter war es leid, seine Zeit mit einem

Richter zu vergeuden, der glaubte, wieder Kreuzrittermethoden einführen zu können. Dabei wusste er selber nur zu gut, wie schlecht seine Situation stand. Statt einen Angeklagten zu verteidigen, sah er sich zum ersten Mal selber einer Anklage ausgesetzt. Wegen Totschlag oder sogar wegen Mord. Seine Unschuld zu beweisen fiel ihm schwer. Er musste dankbar sein, dass die hiesige Kriminalpolizei unfähig gewesen war, die entscheidenden Spuren zu entdecken. Denn wenn die ... Er wollte lieber nicht daran denken. Nur die Flucht nach vorn konnte ihm hier noch helfen.
»Nehmen Sie es als Rat eines älteren Kollegen, der besser Bescheid weiß im Umgang mit dem Recht. Sie wollen mir einen Mord anhängen, der überhaupt nicht begangen wurde. Genau das ist in diesen heiligen Hallen schon einmal passiert: vor sechsundzwanzig Jahren mit zwei Frauen. In dieser Stadt gelten offensichtlich noch immer andere Gesetze, obwohl es die Reichsparteitage nicht mehr gibt. Beweispflichtig sind Sie, nicht ich! Im Zweifel für den Angeklagten – dieser Grundsatz ist Ihnen doch sicher geläufig. Sie benehmen sich wie ein Anfänger. Ihre Erfahrungen und Karrierepunkte können Sie sammeln, wo Sie wollen, aber nicht auf meine Kosten. Ein Haftbefehl gegen mich wäre das Ende Ihrer gerade begonnenen Karriere, verlassen Sie sich darauf. Es soll auf dem Lande nette, ruhige Grundbuchabteilungen geben. Dort gehören Sie hin!«
Er stand auf und drehte sich an der Tür noch einmal um.
»Es gibt so viele schöne andere Berufe. Weshalb mussten ausgerechnet Sie Jurist werden?«
Mit grimmiger Miene stürmte er aus dem Justizgebäude.

Ein ruhiges Plätzchen brauchte er. In einem kleinen Café fand er einen Fensterplatz und bestellte ein Kännchen Kaffee und einen Obstler. Leute gingen auf der Straße vorbei, Kinder spielten. Er sah sie nicht. Er sah nur ihr Gesicht, die vor Entsetzen aufgerissenen Augen, den zum Schrei geöffneten Mund. Es war nicht seine Schuld, aber er hätte es verhindern können, wenn er all das vorher gewusst hätte. Wenn ...

Er dachte wieder an den Spruch, der eingerahmt als Mahnung auf seinem Schreibtisch stand: *Tu niemandem etwas Gutes, auf dass dir nichts Böses widerfahre.* Die zynische Lebensphilosophie eines alten, erfahrenen Strafverteidigers, der seine Studenten stets davor gewarnt hatte, zu leichtgläubig zu sein: »Glauben Sie niemals den Beteuerungen eines Mandanten. Nie! Angeklagte lügen fast immer, haben die besten Ausreden und abenteuerlichsten Erklärungen parat. Sie müssen ihren Anwalt und später das Gericht zwangsläufig von ihrer Unschuld überzeugen. Das glauben die! Und vergessen, wie gefährlich das sein kann. Wer seinen Anwalt belügt, verliert seinen Kopf, weil der Verteidiger mit einer falschen Strategie in die Verhandlung geht. Also verlangen Sie von Ihrem Mandanten immer die Wahrheit! Oder werfen Sie ihn raus!«

Wie oft hatte er diese Sätze gehört, ohne viel darüber nachzudenken und hatte geglaubt, schlauer zu sein – bis er als junger Anwalt seine ersten Niederlagen erlitten hatte. Seitdem hatte er es sich zum Prinzip gemacht, jede Kleinigkeit zu überprüfen. Der Erfolg hatte ihm Recht gegeben.

Und dieser Fall? Der hatte sich rein zufällig ergeben. Harmlos, fröhlich und gar nicht juristisch an einem

Urlaubsabend durch sein besonderes Interesse an einem blonden Pferdeschwanz und einem weißen Schultertuch.

Potters Neugier

Michael Potter war ein neugieriger Mensch, besonders bei Frauen. Deshalb empfand er es als sehr unbefriedigend, nur ein weißes Tuch auf einer Schulter gesehen zu haben und helles Haar, das im Nacken zu einem Knoten gebunden war. Sie erinnerte ihn an die Comicfigur *Lilli* aus der Bild-Zeitung der Fünfzigerjahre, die Ur-Ur-Ahne der Barbie-Puppen-Generation einer Ruth Handler aus den USA. Nur war sie nicht so schrecklich dünn. Minutenlang blickte er ihr nach, obwohl sie längst in der Dunkelheit verschwunden war. Ihr fröhliches »Guten Abend« klang noch nach.

Es war ein warmer Spätsommerabend. Die Lichter des Dorfes spiegelten sich in dem dunklen Wasser des Sees, aus den Wäldern strömte nach dem Regen der Duft von frischem Harz und feuchtem Waldboden. Vor vier Tagen hatte er die Ferienwohnung am Hang bezogen und gleich am ersten Abend diese Bank zum Stammplatz gewählt. Er suchte nur Ruhe und Erholung, keine Touristenschwärme, keine Juristerei, und vor allem keine Probleme. Die schaffte er sich meistens selber – durch seine Neugier.

Statt auf dem kürzesten Weg zurückzukehren, machte er einen Abstecher in die *Rumpelkammer.* Ihm gefiel dieses gemütliche, rustikale Restaurant mit der familiären Atmosphäre. Nur einen Schoppen Wein wollte er noch trinken, redete er sich jedenfalls ein. Als er die Frau mit dem Pferdeschwanz im Nacken entdeckte, vergaß er seinen Vorsatz.

»Guten Abend. Darf ich mich zu Ihnen setzen? Ich war neugierig, wie die einsame Spaziergängerin am See wirklich aussieht.«

Spöttische Blicke musterten ihn.

»Ich möchte Ihnen natürlich nicht zu nahe treten, falls Sie hier ...«

»Das haben Sie bereits getan. Bis auf einen Meter fünfzig.«

»Dann entschuldigen Sie meine zwischenmenschliche Regung«, grinste er verwirrt und wollte sich schon umdrehen.

»Entschuldigt. Sie dürfen sich setzen. Ich erwarte niemanden.«

»Mir fielen nur Ihre Frisur und das weiße Tuch auf, sonst nichts.«

»Und jetzt?«

»Als erstes ein freundliches Lächeln und leichte Ironie.«

»Und drittens? Jetzt erzählen Sie mir aber bitte nicht den Blödsinn von ›Sie kommen mir irgendwie bekannt vor‹ und so.«

»Auf keinen Fall.« Er bestellte den Wein und setzte sich ihr gegenüber. »Ich verzichte auch auf das törichte Geschwätz eines Mannes, der einer fremden Dame krampfhaft Schmeicheleien antut in der Hoffnung, ein Abenteuer zu erleben. So sehen Sie nicht aus und mir liegt der Troubadour leider überhaupt nicht.«

Beide lachten. Ihr Gesichtsausdruck wurde weicher, ihre Grübchen tanzten, der Spott in ihren Augen auch.

»Ich finde Süßholzraspeln lächerlich, mag keine Minnesänger und bin auch kein Burgfräulein, das Taschentücher verliert. Spionieren Sie immer fremden Frauen nach?«

»Wenn sie nicht stehen bleiben, manchmal schon.«

»Ich will hier nur meine Ferien verbringen, keine Abenteuer suchen und auch keinen Ehemann einfangen.« Sie trank einen großen Schluck Rotwein. »Ich schlafe allein, gehe allein spazieren und finde es gar nicht langweilig, hier meinen Wein allein zu trinken.«

Er grinste wieder. Der Wirt brachte ihm eine Flasche Weißherbst.

»Ein schwieriger Fall. Wie kann ein Störenfried wie ich Sie dennoch dazu bringen, sich zu einem Gläschen einladen zu lassen?«

»Indem Sie mich einfach fragen und sich wie ein ganz normaler Mensch benehmen, der hier auch nur Erholung sucht, ohne fremde Damen zu belästigen, bloß weil die Ihren Weg gekreuzt haben.«

»Danke für die Ermahnung. – Also: Ich liebe die Stille am See, die Einsamkeit der Wälder, kann sogar aufs Fernsehen verzichten. Beruflich habe ich täglich genug mit Menschen und ihren Problemen zu tun. Hier brauche ich sie nicht. Zum Wohl!«

»Auf den Urlaub und gute Erholung. – Jetzt haben Sie mich auch neugierig gemacht. Wenn Sie täglich mit Menschen zu tun haben – sind Sie Arzt?«

»Nein, Rechtsanwalt. Hauptsächlich Strafsachen.«
Sie stutzte. Sein Gesicht kam ihr irgendwie bekannt vor. Aus der Zeitung vielleicht?
»Ich glaube, ich habe in der Presse mal ein Foto von Ihnen gesehen.«
»Durchaus möglich, aber glauben Sie nicht alles, was Reporter schreiben. Außerdem sind nicht nur die großen Fälle aufregend. Die kleinen Alltagsgeschichten sind oft viel interessanter, weil menschlicher, nur nimmt kaum jemand Notiz davon. Das beschränkt sich dann auf zehn Zeilen im Lokalteil.«
»Die Presse kann auch sehr bösartig sein und Unschuldige in den Ruin treiben, finanziell und gesellschaftlich, und die Göttin Justitia ist oft mehr als blind und ungerecht. Dann schwingt sie nur ihr Schwert und vergisst die Waage.«
»Richtig. Glauben Sie bloß nicht, es ginge immer nur um Gerechtigkeit. Recht haben und Recht bekommen, das sind zwei ganz verschiedene Dinge. Im Glücksfall trifft beides zusammen, wenn Sie Pech haben, bekommen Sie nur ein Urteil, mehr nicht. Und ob das gerecht ist, wissen nur Sie und der liebe Gott.«
»Ach ja. Vor Gericht und auf hoher See ist man in Gottes Hand, da hilft nur der Glaube. Nicht sehr tröstlich für den, der auf Recht, Gesetz und auf die allgemeinen Regeln der Moral vertraut.«
»Die gibt es nicht, weil Sitte und Moral sich ständig ändern. Um es mit Fontane zu sagen: Alles Tand das Werk von Menschenhand. Die Dame Justitia ist nicht so vornehm, wie sie dargestellt wird. Sie war schon immer ein Hure, blind und käuflich.«

»Und ich dachte, die Binde vor ihren Augen soll sie davon abhalten, nach Stand und Ansehen der Person zu urteilen.«

»Soll sie auch. Aber denken Sie an die Waage, die sie in der Hand hält. Je mehr Sie in eine Schale tun, desto mehr neigt sie sich Ihnen zu.«

»Sie meinen Bestechung?«

»Nicht so direkt. Die Gewichte symbolisieren die Beweise für Ihr angebliches Recht. Es nützt gar nichts, Recht zu haben, Sie müssen es auch beweisen können. Recht bekommt nur der, der die besseren Beweise hat. Urkunden, Zeugen und so weiter. Also müssen Sie Justitia überzeugen, dass Ihre Beweismittel mehr Gewicht besitzen. Aber weil die Göttin eben blind ist, kann sie nicht zwischen echten und falschen Beweismitteln unterscheiden und sehr oft wiegen die falschen schwerer. So einfach ist das.«

»Mein Gott! Für einen ehrlichen Menschen klingt das wie eine Drohung. Nicht sehr vertrauenswürdig, was da im Namen des Volkes verkündet wird.«

»Nein. Ein Beispiel. Sie leihen mir hier Geld, weil ich meine Rechnung nicht bezahlen kann, ohne Zeugen, ohne Schuldschein. Wenn ich später den Erhalt des Geldes bestreite, bekommen Sie nicht einen Pfennig zurück. Das ist genauso ungerecht wie die horrenden Entschädigungszahlungen in den USA, bloß weil Oma sich in einer Fast-Food-Bude einen angeblich zu heißen Kaffee übern Schoß gegossen hat. Davon kann man als Anwalt hierzulande nur träumen. Obwohl – so ein Urteil ist eine Parodie des Rechts, das raffinierten Betrügern Tor und Tür öffnet.«

Ein Lieblingsthema von Michael Potter. Stundenlang konnte er darüber diskutieren. Und weil sie eine so interessierte Zuhörerin war, blieb es nicht bei der einen Flasche Wein.

Gegen Mitternacht präsentierte der Wirt dezent die Rechnung. Seit einer Stunde waren sie die letzten Gäste.

»Ich bringe Sie nach Hause.«

Unterwegs erfuhr er, dass sie in Gräfenberg bei Nürnberg wohnte und sich hier am Dorfrand für vier Wochen einen Ferienbungalow gemietet hatte.

»Dann werden wir uns mit Sicherheit noch öfter so rein zufällig treffen. Ich fände es nett.«

»Ich auch.« Ihr Händedruck war sehr fest. »Ich heiße übrigens Heidemarie Röder, Doktor Röder, von Freunden nur Heide genannt. In Nürnberg besitze ich ein pharmazeutisches Labor, die Firma *Pharela*. Das steht für *Pha*rmaceutical *Re*search *La*boratorium.«

»Potter, Michael, von Freunden Mike oder nur MP gerufen.«

»Gute Nacht, Mike. Ich darf Sie doch so nennen? Vielen Dank für den netten Abend. Bis bald. Dann dürfen Sie auch wieder neugierig sein.«

»Mich finden Sie abends wieder am See oder in der *Rumpelkammer*.«

»Soll das eine Einladung sein?«

»Nur ein Wegweiser, um nicht wieder aufdringlich zu wirken.«

»Ich werde mich schon nicht verlaufen.«

Erneut blitzte Spott in ihren Augen auf. Sie winkte ihm noch einmal zu und schloss die Tür ihres Bungalows. Einen Cognac brauchte sie und eine Zigarette, nahm beides mit in den Schlafraum, öffnete das Fenster, zog sich im Dunkeln aus und legte sich auf das Bett. Ein aufregendes Gefühl erfasste sie bei dem Gedanken an den Fremden in der *Rumpelkammer.*

Du bist genau der richtige Mann. Privat für einsame Nächte und als Anwalt wirst du mir helfen, mein Recht zu bekommen und meine Unschuld zu beweisen.

Der jedoch hielt nicht viel von Urlaubsbekanntschaften. Er fand sie nett, hübsch und noch recht attraktiv für ihr Alter. Vielleicht würde man sich wieder sehen, aber so wichtig war ihm das nicht.

Er wollte wandern und tat es. Den ganzen nächsten Tag streifte er durch die Wälder, kam spät zurück und erholte sich bei einem Fußballspiel im Fernsehen. Frau Dr. Röder fiel ihm erst morgens unter der Dusche wieder ein. Weshalb ausgerechnet an diesem Ort, konnte er sich nicht erklären, fand es aber amüsant. Hatte sie unten am See auf ihn gewartet? So ernst hatte sie das mit dem Wegweiser sicherlich nicht genommen.

Sie hatte es, war aber nicht zum See gegangen. Am nächsten Abend saß er zwar auf der Bank, reagierte jedoch völlig ungerührt auf ihren spöttischen Tonfall.

»Sie haben doch nicht etwa auf mich gewartet?«

»Nein.«

»Dann bin ich beruhigt. Sonst hätte es mir Leid getan, dass ich gestern verhindert war.«

»Wir waren ja nicht verabredet. Ich war auch verhindert. – Das offene Haar steht Ihnen viel besser.«

»Sie haben es bemerkt?«

»Sofort.«

»Das geschulte Auge des Juristen.«

»Falsch. Einfach nur ...« Er stand auf und wechselte das Thema. »Wie wärs mit einem Schoppen Wein?«
»Wieder die *Rumpelkammer?*« Obwohl sie ein paar Zentimeter kleiner war als er, schien sie doch auf ihn herabzusehen.
»Kennen Sie ein besseres Lokal?«
»Nein«, lachte sie. »Es gibt hier ja nur noch die Kneipe vom Schlachter. Gutes Essen, aber ungemütlich, ein schlechter Ort zum Plauschen. Ich wüsste ein besseres Plätzchen, sogar mit bequemen Sesseln.« Sie zögerte einen Augenblick. »Bei mir zum Beispiel. In unserem Alter darf ich das wohl vorschlagen, ohne schief angesehen zu werden.«
»Einverstanden, morgen in der Venusfalle bei Ihnen. Heute lade ich Sie ein.« Er griff nach ihrem Arm. »Auf zur *Rumpelkammer.*«
Sie fühlte sich in die Defensive gedrängt. Venusfalle! Schön gesagt. Sie würde darauf vorbereitet sein. »Der Name des Lokals übt einen schlechten Einfluss auf Sie aus. Sie haben mich nämlich schon wieder überrumpelt.«
»Entschuldigung. Also doch bei Ihnen? Dann schlage ich für morgen einen Spätschoppen am See vor. Wein und Gläser könnte ich mitbringen.«
»Eine sehr gute Idee. Dafür dürfen Sie mich heute doch noch in Ihre geliebte *Rumpelkammer* entführen.«
Dort lenkte sie das Gespräch behutsam auf seine berufliche Tätigkeit, besonders auf das Verhältnis zwischen hilflosen Mandanten und tröstendem Anwalt. »Viele sehen in Ihnen doch bestimmt eine Art Beichtvater, auch privat, und haben das Bedürfnis, sich auszusprechen, oder suchen einfach nur männliches Mitleid. Geraten Sie da nicht manchmal in arge Versuchung?«

»Es gibt diese Grenzsituationen, klar. Manche Klientin hat schon mal den Wunsch, sich anzulehnen, einen gewonnenen Prozess privat zu feiern. Dann riecht es förmlich nach Komplikationen«, erklärte er fröhlich.
»Und wie reagieren Sie darauf?«
»Freundlich, aber konsequent neutral. Keine Privataffären im Dienst.«
Das klang gar nicht gut in ihren Ohren, denn genau das hatte sie vor: hilflos zu sein, sich anzulehnen und dann ganz schwach zu werden.
»Bis eines Tages die Richtige kommt. Eine Hexe, die Sie so verzaubert, dass Sie all Ihre schönen Grundsätze über Bord werfen«, sagte sie leise mit einem verräterischen Funkeln in den Augen. »Frauen können sehr hartnäckig und sehr erfinderisch sein.«
»Sie auch?«, grinste er.
»Natürlich, sonst schnappt mir ein anderes Weib meinen Traummann weg.«
»Wie gut, dass ich diesen Wein nur mit einer sehr netten, harmlosen Urlauberin ohne anwaltliches Risiko trinke«, lachte er unbefangen, ohne zu ahnen, wie lebensgefährlich diese harmlose Angelegenheit werden sollte.

Der Dämmerschoppen am See wurde zum täglichen Ritual und weitete sich schließlich zum fröhlichen Picknick aus. Die Abende wurden immer länger. Sie redeten über Gott und die Welt oder lagen einfach schweigend nebeneinander. Dann hoffte jeder auf ein Zeichen des anderen, auf eine kleine Geste, auf eine Bewegung. Eine Woche lang.
Heidemarie Röder fand keine Erklärung für seine Zurück-

haltung. Am achten Abend ergab sich endlich die Gelegenheit, ihn in die Venusfalle zu locken, wie er das so treffend bezeichnet hatte. Die drückende Schwüle gab ihr einen glaubwürdigen Grund.
Ihm auch, er kam ihr zuvor. »Wie in einem Treibhaus«, stöhnte er. »Bei jeder Bewegung bricht einem der Schweiß aus. Ich muss mich einfach erfrischen, der See ist zu verführerisch. Kommen Sie mit oder stört es Sie, dass ich keine Badehose dabei habe?«
»Mich? Aber Mike!«, lachte sie herzhaft und spürte ein Kribbeln im Leib. »Überhaupt nicht. Ich bin alt genug, einen solchen Anblick zu ertragen oder zu genießen. Sollte ich etwas Neues an Ihnen entdecken, melden wir es der Bild-Zeitung. Und Sie sind bitte großzügig bei einer alten Frau, Eva kann sich nämlich auch nicht verkleiden.«
»Bin ich. Und neugierig, ob das alles echt ist«, feixte er.
»Frech, aber ehrlich. Erwarten Sie nicht zu viel. Mein Fahrgestell ist schon uralt, der Lack vom Rost zerfressen, nicht second-hand, sondern Gebrauchtware. Ich habe inzwischen das Alter erreicht, in dem eine Frau eine Stunde früher aufstehen muss, um zum Frühstück so auszusehen wie vor zehn Jahren. Der Rest ist in Ordnung.«
»Mit achtzehn hatte ich auch noch keinen Ansatz zum Doppelkinn und keinen hohen Magen, von den Röllchen ganz zu schweigen.«
»Bei Männern ist das anders. Es soll Frauen geben, die das mögen.«
»Gehören Sie auch dazu?«
»Finden Sie es heraus!« Sie lachte, stand auf und zog Rock und Bluse aus. Mit dem Büstenhalter zögerte sie

eine strategische Sekunde, ließ ihn dann aber zu Boden fallen. Der Slip folgte. Sie lief vor ihm ins Wasser.

Er fand es heraus, hinterher mit ihrer Hilfe, als er Wein einschenkte. »Wenn wir hier schon Adam und Eva spielen, sollten wir auch endlich ›Du‹ sagen. Nackt und ›Sie‹ in dunkler Zweisamkeit wirkt doch irgendwie spießig. Auf dich, Mike!«

»Prost Heide! – Auf das Küsschen sollten wir in diesem Zustand allerdings lieber verzichten, es könnte gefährlich sein.«

»Stimmt, denk an die Schlange im Paradies und an deine Neugier. Ich will nicht vergewaltigt werden, Brüderschaft geht auch ohne. Sollte ich zu aufregend auf dich wirken, dann frag mich vorher, damit ich wenigstens noch ja sagen kann.«

»Vergewaltigung ist nicht mein Fach, ich werde dich vorher fragen. Keine Schlange weit und breit, ich fühle mich wie im Paradies.«

Sie setzte sich aufrecht und beugte sich dann langsam über ihn. Er sah ihre weichen, leicht geöffneten Lippen, die immer näher kamen. Die harmlose Urlauberin hatte sich plötzlich in eine sinnliche Frau verwandelt. Er zog sie an sich.

»Wir sind im Paradies«, flüsterte sie. »Sehr deutlich spüre ich den Baum der Erkenntnis. Zu aufregend für Eva. Du brauchst nicht mehr zu fragen.«

Heidemarie Röder war glücklich und zufrieden. Hemmungslos konnte sie ihren Gefühlen nachgeben, ohne ihm etwas vorspielen zu müssen. Wann hatte sie das zuletzt erlebt? Männer hatte es genug in ihrem Leben gegeben, aber immer die falschen. Schon als Achtzehnjährige war

sie um ihre erste große Liebe betrogen worden. Jetzt war sie dreiundvierzig und noch immer allein. Eine wohlhabende Frau, für die nur drei Dinge zählten: Ansehen, Geld und Macht – ihre höchstpersönliche Dreifaltigkeit, wie sie das als Katholikin nannte, der sie alles untergeordnet hatte, sogar sich selbst, bis es zu spät geworden war. Jetzt scheuten die Männer vor einer festen Bindung zurück, jedenfalls die richtigen, obwohl sie vieles zu bieten hatte – finanziell und körperlich.
Und dann war Michael Potter gekommen. Mit ihm sollte sich alles in ihrem Leben ändern – so hoffte sie und war fest entschlossen, diese einmalige Chance zu nutzen.

Aufforderung zum Hexentanz

Geduldig hörte sich Gabriela Hoffmann die Lebensgeschichte ihres Besuchers an. Er war bereits der vierte Bewerber auf die freie Stelle in der Detektei Hoffmann und Karst, aber der erste, der einen vernünftigen Eindruck machte. Er fasste sich kurz und seine Antworten betrafen tatsächlich nur die Fragen, die gestellt wurden. Jedes überflüssige Wort vermied er. Personalleiter und Chefs hassen ausschweifende Erklärungen, das wusste er. Außerdem hielt er es für klüger, nicht alles zu erzählen, weil er diesen Job brauchte.
Jens Müller, sechsundzwanzig Jahre alt, war ein netter

Kerl, der fast alles konnte, aber nur wenig gelernt und selbst das Wenige als Beruf wieder aufgegeben hatte. Dem fünften Kind fleißiger, armer Eltern war eine gute Schulbildung nicht vergönnt und nur der Abschluss einer Lehre als Kraftfahrzeugschlosser möglich gewesen. Körperlich trainiert, technisch begabt und mit einem Übermaß an Fantasie gesegnet, hatte er seinen Wehrdienst dazu benutzt, sich zum Einzelkämpfer und Sabotagekrieger ausbilden zu lassen. Von geregelter Arbeitszeit hielt er nicht viel, eigentlich gar nichts, sie beeinträchtigte zu sehr sein Hobby, die Fotografie. Seinen Lebensunterhalt bestritt er aus Sozialleistungen und Nebentätigkeiten. Selbstverständlich war er zuverlässig, verschwiegen und loyal.

Gabriela Hoffmann war bereit, ihm eine Chance zu geben, und dachte dabei an ihren eigenen bescheidenen Anfang vor fünf Jahren und wie schwer es gewesen war, sich durchzusetzen.

Mit achtundzwanzig hatte sie ihren Dienst bei der Kriminalpolizei aufgegeben und gemeinsam mit dem pensionierten Kommissar Karst die Firma H.u.K.-Detektei gegründet. Wirtschaftsunternehmen, Versicherungsagenturen, Banken und Rechtsanwälte hatte sie abgeklappert, um Kunden zu werben. Ihr erster Besuch bei dem jungen Anwalt Potter war nicht sehr erfolgreich verlaufen. Für ihn war das »H.u.K.« nur »Hoffmann und Kriegnichts« gewesen, sie aber hatte ihm das Gegenteil bewiesen und ihm geholfen, einige spektakuläre Prozesse zu gewinnen. Beiden war der Aufstieg gemeinsam gelungen und aus der beruflichen Zusammenarbeit hatte sich eine echte Freundschaft entwickelt.

»Wir können es probieren. Ich habe auch gleich eine Aufgabe für Sie. Ein Herr Müller war hier bereits beschäftigt, Sie werden deshalb als Müller Zwo tätig. Einverstanden?«
Natürlich war er das. Die ersten Aufträge erledigte er zu ihrer Zufriedenheit, danach wurde er fester Mitarbeiter der H.u.K.-Detektei.

Die feucht-schwüle Wetterfront hing noch immer über dem Schwarzwald. Es regnete in Strömen. Keine Chance für ein Picknick am See, nicht einmal für Spaziergänge. Als Mike Potter den Bungalow erreichte, war er völlig durchnässt. Sein kleiner Schirm hatte ihm nicht geholfen. Heide Röder wusste Rat – spontan.
»Du Ärmster. So kannst du hier nicht rumsitzen, deine Sachen müssen wir trocknen, also zieh dich am besten gleich aus. Ja, schau nicht so, ich meine es ernst. Jetzt sei bloß nicht so kompliziert, unten am See hat es dich ja auch nicht gestört. Aber ich verzichte großzügig auf den Anblick des kleinen MP und biete dir meinen Bademantel an.«

Diese Verkleidung erwies sich sehr schnell als überflüssig, weil Heidemarie Röder diese wunderbare Gelegenheit konsequent nutzte, nicht nur verführendes Weib zu sein, sondern endlich auch ihr juristisches Problem zu lösen: ihn davon zu überzeugen, dass einer unschuldigen jungen Frau bitteres Unrecht geschehen war.
»Ich habe mich in dich verliebt. Lach bitte nicht darüber, sogar in meinem Alter kann das plötzlich noch passieren. Es ist mir egal, ob ich für dich nur ein Urlaubsflirt

bin, mit dem man aufregende Stunden im Bett verbringt und von dem nur das Weib als Lustobjekt in Erinnerung bleibt. Weil aber mehr daraus werden könnte, sollst du rechtzeitig erfahren, dass dieses Weib eine dunkle Vergangenheit hat. Ich will dich nicht verlieren, bloß weil ich dir nicht die Wahrheit gesagt habe.«

Er wurde unruhig. Bisher war es für ihn tatsächlich nur eine Urlaubsromanze gewesen ohne jede Verpflichtung, für sie aber schien es schon viel mehr zu sein. Von ihm jedoch in dieser Situation die Entscheidung zu verlangen, von Zufall, Irrtum und Abschied zu reden, hielt er für unfair und tat genau das, was sie erwartet hatte.

»Und wie sieht diese Wahrheit aus? Dass die vornehme Frau Doktor schon immer eine wollüstige Hexe war?«

»Viel schlimmer! Du hast mit einer Frau geschlafen, die vor fünfundzwanzig Jahren ihren Vater wegen einer Erbschaft ermordet haben soll. Für manche Leute bin ich wirklich eine Hexe, die man früher dem Scheiterhaufen übergeben hätte.«

Absichtlich hatte sie es ihm so schonungslos eröffnet, um seine Schreckreaktion zu erleben. Er aber hielt nur ein paar Sekunden den Atem an. Mit Mord hatte er oft genug zu tun, das brachte den Rechtsanwalt Potter nicht aus der Ruhe und der Liebhaber Mike wollte es nicht glauben, hielt es für einen makaberen Scherz. Noch nahm er es mit Humor: »Eine sehr verführerische Hexe, eine Sünderin, die gegen alle Dogmen ihrer Kirche verstößt, aber wohl kaum eine Mörderin.«

»Hör mir bloß auf mit der Kirche! Il Papa! Stellvertreter Jesu Christi! Als ob der einen Stellvertreter nötig hätte. Und wenn, bestimmt nicht diese Antichristen. Bloß weil ich nicht im scheinheiligen Stand der Ehe lebe, verlangt der Oberpriester in Rom, dass ich keusch und züchtig als Jungfrau Heide begraben werde. Aber vorher wollen sie noch schnell die Erbschaft kassieren. Wenns um Geld geht, fleddern Pfaffen sogar die Leichen!« Ihre Stimmung war immer aggressiver geworden.

»Welche Erbschaft?«, fragte er automatisch und griff nach einer Zigarette.

Fast unsanft schob sie ihn zur Seite und setzte sich auf – Zorn stand in ihren Augen. »Meine Erbschaft! Die von meinem Vater! Alles hat er der Kirche vermacht. Aber das kriegen die nie!«, zischte sie giftig.

Erst jetzt war er wirklich überrascht. Nicht von dem, was sie sagte, sondern dadurch, wie sie es sagte. Ihr Gesicht wirkte hart und widerborstig, Furchen zerlegten es. Die sonst so sanfte Heide zeigte nicht nur ihre Krallen, für Augenblicke zeigte sie Hass.

»Entschuldigung.«

»Schon gut, man muss seinem Ärger mal Luft machen. Um was geht es denn nun wirklich? Mord, Kirche, Testament – klingt wie 'n Krimi. Erzähl mir die ganze Geschichte in Ruhe, aber nicht hier. Vatermord und Beischlaf und nackte Genitalien passen nicht so recht zusammen.«

»Du hast Recht. Ich hole dir den Bademantel und du bist so lieb und öffnest eine Flasche Wein.«

An diesem Abend erzählte Heidemarie Röder ihm die Geschichte einer unschuldigen Frau, der man mit achtzehn die Liebe, den Glauben und ihre Ehre genommen hatte, die seit fünfundzwanzig Jahren um ihren Ruf und ihre Erbschaft kämpfte. Ihr Vater, Albert Röder, war ein erfolgreicher Grundstücksmakler und Anlageberater für Immobilien gewesen. Zwei Mitarbeiter, einen Buchhalter und zwei Sekretärinnen hatte er beschäftigt, von denen eine jahrelang seine Geliebte gewesen war. Die Tochter hatte sich in den jüngsten Angestellten verliebt und den von ihrem Vater auserwählten zukünftigen Schwiegersohn abgelehnt. Diese familiären Auseinandersetzungen hatten tödliche Folgen gehabt.

»Meine Mutter stand auf meiner Seite, das machte Vater noch wütender. Er war gläubiger Katholik, schimpfte mich eine Hure und den Lutz Volkmann einen Erbschleicher, der seine Tochter geschändet hätte. Dass er selber ein Ehebrecher und Hurenbock war, störte ihn nicht. Dabei stimmte das mit Lutz alles gar nicht. Wir hatten uns ein paarmal privat getroffen, waren beide verliebt, hatten aber keine Intimitäten. Ich war mit achtzehn noch immer Jungfrau, nur wollte mein Vater das nicht glauben. Vor Wut riss ich mir damals Rock und Höschen vom Leib, zeigte ihm meinen bloßen Schoß und schrie: Du kennst dich doch mit Jungfrauen aus, überzeug dich selbst, dass ich noch keinen Mann gehabt habe!«

Seltsam ruhig klang ihre Schilderung. Das verwunderte ihn. »Und was geschah dann? Wie reagierte er?«

»Er verlor die Beherrschung, prügelte auf mich ein und schlug mich zu Boden. Eine Stunde später erlitt er einen Kreislaufkollaps. Der Notarzt brachte ihn sofort ins Krankenhaus. Das war im Mai dreiundsiebzig.«

Von diesem Tag an war er noch unerträglicher geworden, hatte den Volkmann auf die Großbaustelle eines Freundes in Syrien verbannt und seiner Tochter jeden Kontakt verboten. Ihre Briefe waren mit dem Vermerk »Empfän-

ger unbekannt« zurückgekommen. Nie wieder hatte sie etwas von Volkmann gehört.
Heide Röder trank einen großen Schluck Wein, schenkte sich nach und lief nervös hin und her. In ihrem Gesicht standen wieder diese scharfen Falten. »Ich war damals noch sehr unschuldig und unerfahren. – Mein Vater drohte uns ständig mit Enterbung, hatte sein Testament aber längst zugunsten der Kirche geändert. Das wussten wir. Am Abend des 20. Juni 1973 fanden meine Mutter und ich ihn tot in seinem Arbeitszimmer. Er hatte sich erschossen.«
Den Grund dafür kannte sie bis heute nicht. Es gab auch keinen Abschiedsbrief, nur sein Testament mit der Behauptung, Frau und Tochter hätten ihm nach dem Leben getrachtet. Deshalb hatte er der Tochter sogar den Pflichtteil entzogen. Für die Polizei war das ein klassischer Mordfall gewesen.
»Einiges deutete tatsächlich darauf hin. Sein Testament, die Aussage seiner Geliebten – alles sprach gegen meine Mutter und mich, dabei waren wir unschuldig, wir hatten sogar ein Alibi. Der Strafprozess endete mit einem Freispruch mangels Beweisen. Das war das Schlimmste.«
Erstaunt sah er sie an. Nicht der Tod des Vaters, nein das Urteil war für sie das Schlimmste gewesen. Hatte sie ihren Vater so sehr gehasst? Nur wegen Lutz Volkmann? Der Jurist in ihm erwachte endgültig. Heide kam ihm plötzlich fremd und geheimnisvoll vor, er spürte förmlich das Unheil.
»Bis heute gelte ich immer noch als Mörderin«, flüsterte sie erregt. »Der Verdacht ist geblieben, wie ein Stachel im Fleisch, und diese bösen Gerüchte über die Mutter

und Tochter als Gatten- und Vatermörder. Gerüchte sind gemein und hinterhältig, weil sie unkontrollierbar und nie ganz falsch sind, denn sonst würde es keiner glauben. Eine tödliche Mischung aus Tatsachen, Erfindungen, Verdrehungen und Aberglauben. Wie heißt es so treffend: Am Anfang war das Wort, gehässig und bunt pflanzt es sich fort von Mund zu Mund. Auch noch nach fünfundzwanzig Jahren.«

»Also geht es dir um die Ehre und um die Erbschaft.«

»Ja. Meine Mutter ist vor einem Jahr gestorben, die Kirche verlangt das Erbe. Mutter war nur als beschränkte Vorerbin eingesetzt, die Kirche als Nacherbin.« Ihre Hände verkrampften sich. »Mein Versuch, das Testament anzufechten, scheiterte, weil ich den Selbstmord nicht beweisen konnte.«

»Dir bleibt nur die Möglichkeit, die Testamentsvollstreckung aussetzen zu lassen und eine Wiederaufnahme des Strafverfahrens zu erreichen. Dafür brauchst du allerdings neue Beweismittel für deine Unschuld oder für den Selbstmord deines Vaters. Aber wenn es die nicht gibt ...«

Sie setzte sich wieder und schüttelte resigniert den Kopf. »Gefunden habe ich keine oder wichtige Dinge übersehen. Ihr Juristen versteht ja mehr davon. Was würde ein guter Anwalt denn jetzt tun?«

Die Frage klang ganz beiläufig, bot Mike Potter aber die Gelegenheit, über Aufklärung von Tathergang und Tatmotiven und über den Beweiswert von Zeugenaussagen zu dozieren.

»Ein Selbstmord wird selten als Mord konstruiert. Das kommt vor, wenn es zum Beispiel um eine Lebensversicherung geht, die bei Selbsttötung nicht ausgezahlt wird. Das Gegenteil ist üblicher. Der Mörder will die Tat als Selbstmord tarnen. Davon sind offensichtlich auch die Polizei und das Gericht ausgegangen. Schon dieser Ansatz könnte falsch gewesen sein.«

»Es gab tatsächlich eine Lebensversicherung von vierhunderttausend Mark, die im Prozess aber keine Rolle gespielt hat. Aufgrund des Urteils bekam meine Mutter das Geld, allerdings mit einer Rückzahlungsklausel. Die hab ich vergessen. Nur – was bedeutet das jetzt alles für mich?«

»Finde die Antwort auf zwei Fragen. Sah dieser Selbstmord wirklich wie Mord aus? Und weshalb sollte er wie Mord aussehen? Oder anders gefragt: Wem hätte der Selbstmord geschadet und der Mord genützt. Doch wohl dem Begünstigten aus der Lebensversicherung.«

»Es sah aus wie Mord. Mein Vater war Rechtshänder, hatte sich aber in die linke Schläfe geschossen. Er muss es also mit der linken Hand getan haben, die Pistole jedoch lag rechts neben ihm ohne Fingerabdrücke.«

»Wie bitte? Dann ist es unmöglich! So funktioniert das nie!« Er sprang auf. Solche Fälle liebte er, bei denen es galt, Lösungen zu finden, wo es scheinbar keine geben konnte. »War er sofort tot?«

»Nein, er hat noch eine Zeit lang gelebt.«

»Woher weißt du das?«

Sie zuckte zusammen, erschrocken über seinen schroffen Ton. Ihre Antwort fiel ebenso scharf aus. »Das hat der Arzt festgestellt.«

»Dann könnte es doch möglich gewesen sein«, grübelte er. »Er hat die Pistole mit einem Taschentuch angefasst und es geschafft, das Tuch wieder einzustecken und sich auf die andere Seite zu drehen. Oder jemand hat ihm geholfen, es wie Mord aussehen zu lassen.«

»Geholfen?« Sie blickte ihn ungläubig an. »Wer sollte das getan haben?«

»Jemand, der auch ein Interesse daran hatte, einen Mord vorzutäuschen. Entweder, um euch die Tat anzuhängen und die Enterbung zu rechtfertigen, oder wegen der Lebensversicherung.«

Fast eine Minute brauchte sie, um die Konsequenz dieser Behauptung zu erfassen. Dann ging sie wortlos zu der Anrichte, holte eine Flasche Himbeergeist hervor, goss sich ein großes Schnapsglas voll, leerte es in einem Zug und füllte das Glas erneut.

»Die beste Methode, sich schnell zu besaufen und einen Brutus wie dich zu vergessen. Du bist ja genauso hinterhältig wie das Gericht. Nur ein Versicherungsbetrug! Ist ja nicht so schlimm! Die geldgierige Hure ist eben so, der traut man alles zu. Es wird Zeit, dass du verschwindest.« Eisig klang ihre Stimme.

Jetzt hätte er mit gutem Gewissen gehen können, Heide und ihr Familiendrama vergessen und seinem Grundsatz treu bleiben können, sich nie auf Privataffären mit Klienten einzulassen. Aber so ein Abschied lag ihm nicht. Er blieb und versuchte, sie zu beruhigen.

»Wir sollten die Prozessakten und die Unterlagen der Polizei einsehen, die erweisen sich manchmal als wahre Fundgruben, und dann herausfinden, weshalb er überhaupt Selbstmord beging.«

Von einer Sekunde zur anderen verwandelte Frau Dr. Röder sich wieder in die glückliche Heide, lachte befreit auf und umarmte ihn stürmisch.

»Hast du eben ›wir‹ gesagt? Willst du also wirklich versuchen, die Wahrheit zu finden? O Mike, du bist wunderbar! Ich lasse dich nicht gehen.«
Mike Potter schluckte. So hatte er das nicht gemeint, es war nur eine dumme Redewendung gewesen, typisch für ein Mandantengespräch, sie jedoch hatte es wörtlich genommen. Er wollte in seinem Urlaub keine Probleme haben. Und jetzt? Hatte er gleich zwei: Heide und ihren Fall. Untrennbar verbunden. Der Hexentanz hatte begonnen.

Stochern in der Vergangenheit

Zwei Tage später traf Mike Potter sich nachmittags mit Gabriela Hoffmann und seinem Mitarbeiter Dr. Peter Ascher. Beide waren dem telefonischen Hilferuf gefolgt und warteten gespannt auf seine Erklärung. Es musste etwas sehr Wichtiges sein, wenn der Chef seinen heiligen Urlaub opferte.
»Um euch eine anstrengende Nachtfahrt zu ersparen, habe ich in diesem Gasthof zwei Zimmer bestellt. Dass wir uns nicht bei mir treffen, hat einen simplen Grund. Unsere neue Auftraggeberin braucht nämlich nichts von eurer Anwesenheit zu wissen.«
Gaby Hoffmann sah Dr. Ascher belustigt an. »Merken Sie was? Eine Sie, und die will der gute Onkel Mike vor uns verstecken. Ein juristischer Kurschatten also. – Damit

du vor lauter zweibeinigen Schatten deine Familie nicht ganz vergisst, haben wir eine kleine Erinnerung mitgebracht.«
Sie reichte ihm einen Bilderrahmen. Gruppenfoto mit Mann in Großaufnahme. Um Dr. Ascher herum hatten sich sehr dekorativ drei reizende, modebewusste Geschöpfe versammelt. Potters Sekretärin, Charlotte Gruber, Gaby Hoffmann und Mara Taiba, eine exotische Schönheit aus dem dunkelsten Afrika als jüngstes Kind der Familie. Er schmunzelte. Das war »seine Familie«, wie er sie zu nennen pflegte. Eine verschworene Gemeinschaft.
»Eine tolle Idee, vielen Dank. Und damit auch ihr mich nicht vergesst, habe ich einen netten Fall für euch. Hat sich zufällig so ergeben.«
»Aha! Und wie sieht dieser Zufall aus? Blond? Dreißig? Sehr attraktiv, unglücklich verheiratet, sucht glückliche Scheidung?«, neckte sie ihn.
»Vor allem sehr lange und sehr schlanke Beine«, revanchierte er sich.
»Das musste ja kommen«, lachte sie und zwinkerte Dr. Ascher zu. »Meine einzige schwache Stelle. Ihm sind meine Beine nämlich zu dick, schon bei der ersten Begegnung hat er sein Missfallen gezeigt. Für ihn laufen darf ich damit, aber er hat mir nie die Chance gegeben, ihm zu beweisen, dass auch der Rest des Weibes Qualitäten hat. Ich bin nur das Neutrum Gaby.«
»Dann ist der Chef entweder blind oder schüchtern.«
»Der? Weder noch, das ist es ja gerade.« Demonstrativ schlug sie ihre Beine übereinander und lehnte sich zurück. »Oder stört Sie das auch?«
»Aber nein. Mir gefällt Ihr Rock, weil er so kurz ist.«

»Siehst du, Mike, dein lieber Kollege versteht mehr von Frauen und ihrer Körpersprache. Er kann meine Signale übersetzen.«

»Bei deinem Redetalent überflüssig, dein SOS versteht jeder. Er ist nur zu höflich, dich zu unterbrechen, oder zu neugierig. Aber ihr solltet eure anatomische Zwiesprache auf heute Abend verschieben. Wie ich Gaby kenne, hat sie noch kürzere Röcke im Gepäck.«

»Den kürzesten, den es gibt – den Nullrock. Aber erst zu deinem Fall.«

Zusammengefasst schilderte er ihnen den Fall Röder: vom Familienkrach bis zum Erbanspruch der Kirche und den fehlenden Beweisen für den Selbstmord.

»Und wir sollen den kleinen Rest finden, also Wiederaufnahmeverfahren. Nach dem Sieg wird das Testament angefochten und die arme Frau Doktor Röder erhält nicht nur ihren Pflichtanteil, sondern das gesamte Erbe«, grinste Dr. Ascher.

»Ja, Mike, für so was hat man seinen Doktortitel.«

»Falsch, so ein Genie stellt man als Mitarbeiter ein. Du, Peter, wühlst in den Akten der Polizei und des Gerichts in Nürnberg, dort hat die Familie Röder damals gewohnt. Und Gaby übernimmt die Zeugen und den Kleinkram. Reine Routinesache.«

»Ach ja, mehr nicht? Spielen wir jetzt Archäologen? Plündern wir Grabkammern? Tanz der Gespenster?«, fragte sie sarkastisch.

»Ja, wir plündern die Archive. So denke ich mir das.«

Nach dem Abendessen verabschiedete er sich. Seine Sache wusste er in guten Händen. Wenn es etwas zu finden gab, sie würden es entdecken.

Dass beide auch noch andere Entdeckungen machten, konnte er nicht ahnen. Es geschah auf dem anschließenden Spaziergang. Schuld waren die Beine einer Detektivin oder der kurze Rock, der so viel davon sehen ließ.
»Ist Ihnen am Chef etwas aufgefallen?«
»Nein, was denn?«
»Er hat uns keine persönlichen Dinge von dieser Frau erzählt, ganz gegen seine Art. Auch nicht, wieso sie gerade ihn damit beauftragt hat und nicht einen Anwalt aus Nürnberg. Sie wird ihre Geschichte kaum wildfremden Personen beim Kurkonzert gebeichtet haben.«
»Stimmt. Vielleicht wollte er nur vermeiden, dass Sie ihn damit foppen.«
»Nein, bestimmt nicht. Er weiß ganz genau, wie das gemeint ist, und ich weiß, dass er gar nichts gegen meine kräftigen Beine hat. Das ist nur ein harmloses Spielchen von früher, weil ich gern kurze Röcke trage.«
»Passt auch zu Ihnen.«
»Sagen Sie das jetzt wieder nur aus Höflichkeit?«
Er schwieg. Sollte er ihr endlich die Wahrheit sagen? Dass er sich in sie verliebt hatte? Ohne Robe und das schützende Büro war er schüchtern, hatte Angst, abgewiesen zu werden. Er holte tief Luft.
»Das war keine Höflichkeit. Ich finde Ihre Beine wirklich hübsch, aber nicht nur die. Na ja – ich mag Sie schon lange.« Endlich hatte er es geschafft.
Sie war völlig überrascht. Sein Geständnis klang wie Musik in ihren Ohren.
Lachend griff sie nach seiner Hand. »Wenn ich das gewusst hätte!«
»Dass ich in Sie verliebt bin? Was dann?«

»Dann hätte ich diesem schüchternen Herrn Doktor schon längst gezeigt, dass ich ihn auch sehr nett finde.«
Jetzt fand er den Mut, sie in die Arme zu nehmen – für wenige Minuten. Ein neues Gewitter trieb sie in den Gasthof zurück. Den Auftrag und Mike Potter hatten sie längst vergessen.

Der betrachtete gerührt das Foto. Auf diese Familie konnte er sich verlassen. Eine kleine, ehrliche Welt inmitten einer egoistischen Gesellschaft. Neid und Eifersüchteleien gab es nicht, Offenheit war oberstes Gebot, auch wenn es dabei nicht immer sehr vornehm zuging.
Gaby Hoffmann hatte keine Hemmungen, sehr drastisch zu sagen, was sie dachte, auch wenn es den Chef selber betraf. Und Charlotte Gruber hielt sich selten zurück mit ihrer Meinung über Fälle und Mandanten. Sie war immer direkt, aber nie unüberlegt, immer ehrlich, aber nie verletzend. Wen sie für schrecklich hielt, der war ZK, zum Kotzen. Arrogante Damen aus vermeintlich ersten Kreisen galten als aufgetakelte Fregatten oder wandelnde Ersatzteillager.
Sie hatte auch Mara Taiba entdeckt, die schwarze Gazelle mit den unendlich langen Beinen. In einem Frauenmagazin als Mannequin. Fasziniert von ihrem Gesichtsausdruck war sie durch die abgedruckte Kurzbiografie neugierig geworden: Abitur in Hamburg, geprüfte Anwaltsgehilfin als Jahrgangsbeste, arbeitslos wegen ihrer Hautfarbe. Welcher ehrenwerte Advokat wagte es schon, seinen Mandanten eine Farbige zu präsentieren, selbst wenn diese den Umgang mit Computern perfekt beherrschte.
Dem Rechtsanwalt Potter war die Hautfarbe egal gewe-

sen, ihre Fähigkeiten hatten ihn beeindruckt. Wirklich gute Anwaltssekretärinnen waren selten. Dr. Ascher hatte genauso reagiert. Die Mandanten ging das nichts an, die wollten Prozesse gewinnen. Ihnen sollte es gleichgültig sein, wer die Schriftsätze tippte. Und wenn nicht, dann sollten sie es eben lassen.

Mit den ersten Regentropfen kam Heide Röder. »Bin ich zu früh? Ich wollte vor dem großen Regen hier sein und den Abend nicht auch gleich mit einem Striptease beginnen. Außerdem kennst du meine Anatomie inzwischen gut genug, um deine Parklücke auch allein zu finden. – Oh! Was ist das? Ein Schönheitswettbewerb?«

Sie nahm das Familienfoto in die Hand. Ihre Augen verengten sich, besonders die afrikanische Lady beunruhigte sie. »Sind das deine Frauen?«

»Ja«, vergnügte er sich. »Alle drei mit Doktor Ascher, meine Bürofamilie komplett. Er hat das Bild heute mitgebracht.«

»Gott, wie süß! Als moralische Aufrüstung für einsame Urlauber? Du lebst sehr gefährlich bei so viel geballter Sinnlichkeit. Wie Klosterschülerinnen sehen die nicht gerade aus.«

»Sind die weiß Gott auch nicht.«

»Im Vergleich mit der Schwarzen wirke ich wie ein Schreckgespenst im Altenheim. Ohne jede Chance. Und die Matrone da im Korsett ist reines Dynamit, 'ne erotische Dampfwalze Marke Krupp.«

»Charlie? Der gute Geist der Kanzlei, ohne sie läuft gar nichts. Unheimlich tüchtig, aber lieb und harmlos.«

»Die und harmlos? Da täuschst du dich gewaltig, MP, aber lassen wir das lieber. Hast du mit deinem Kollegen schon über unseren Fall gesprochen?«

»Allerdings. Doktor Ascher wird sich die Akten ansehen.« Gaby Hoffmann erwähnte er nicht. Mandanten brauchten nicht alles zu wissen.
»Erzähl, ich bin schrecklich neugierig. Was hält er von der Sache? Will er noch mit mir persönlich sprechen?«
»Das ist nicht notwendig, er weiß, was er zu tun hat.«
Das wusste Dr. Peter Ascher tatsächlich, ausnahmsweise auch in eigener Sache. Vor Gaby Hoffmanns Zimmer nahm er ihr den Schlüssel aus der Hand und öffnete die Tür. »Darf ich?«
»Wer mich küsst, muss mich auch vor Gewitter beschützen«, strahlte sie ihn an. »Mein Händchen halten und falls meine Knie zittern ...«
»Sie einfach nur streicheln. Genau das wollte ich auch tun.«
Sie schaltete das Licht nicht an, sondern öffnete das Fenster. Zuckende Blitze erhellten den Raum. Dann ging alles plötzlich sehr schnell. Der schüchterne Peter Ascher sah nur die Frau, verstand ihre Körpersprache und vergaß seine Hemmungen.
Mehr noch, er hielt sich auch nicht an die Weisungen seines Chefs. Sehr pflichtwidrig blieb er einfach einen Tag länger in dem Gasthof, unterrichtete aber wenigstens telefonisch das Büro. Charlotte Gruber fand das köstlich und lachte schallend.
»Gemeinsam mit Gaby? Ich werd verrückt. Unsern Stockfisch hat es doch noch erwischt. Wurde auch höchste Zeit. Nutzen Sie die Gelegenheit! So eine tolle Frau kriegen Sie nie wieder.«
»Deshalb ja«, lachte er.
Als sie ihn nach dem Frühstück abholen wollte, nahm er

ihre Reisetasche und stellte sie demonstrativ auf sein Bett. »Du hast umsonst gepackt, wir können uns noch vierundzwanzig Stunden Zeit lassen. Ich habe mir soeben einen Tag Urlaub bewilligt. Das Büro weiß Bescheid.«
Langsam ging sie auf ihn zu. »Einverstanden. Das hier ist der richtige Ort und die richtige Zeit für eine romantische Liebeserklärung.«
»Ich dachte – gestern Abend ...«
»Warst du das zweite Gewitter. Männer sind manchmal auch wie Naturkatastrophen, man muss sie nur richtig überstehen. Das habe ich geschafft, war aber nicht ganz bei Sinnen.« Sie sah ihn mit großen Augen unschuldig an. »Du wirst mir alles noch einmal erklären müssen, und mit alles meine ich wirklich alles, auch dein unanständiges Geflüster. Leider weiß ich die Einzelheiten nicht mehr.«
»Daran kann ich mich auch nicht mehr erinnern«, grinste er fröhlich.
»Ich glaube doch. Wenn du dasselbe tust wie gestern, fällt es dir mit Sicherheit wieder ein.«

Zeugensuche

Gaby Hoffmann kam erst am nächsten Nachmittag dazu, Müller Zwo den Auftrag zu erteilen, die Zeugen ausfindig zu machen und den damaligen Aufenthaltsort von Heidemarie Röder festzustellen. Letzteres war für ihn kein Problem, er schrieb einfach die Angaben aus dem Urteil ab. Danach hatte sie 1973 und 1974 in Freiburg gewohnt und dort studiert. Auf die Überprüfung verzichtete er großzügig – ein Fehler, den damals auch die Polizei begangen hatte und der fünfundzwanzig Jahre später drei Menschenleben kosten sollte. Gaby Hoffmann wäre das nie passiert.

Die Suche nach den Zeugen gestaltete sich wesentlich schwieriger. Einige waren verstorben, andere mehrfach umgezogen und Frauen hatten durch Heirat den Namen geändert. Mutig kämpfte sich Müller Zwo durch das Dickicht von Ämtern, unzuständigen Sachbearbeitern, Vorschriften und Formularen. Sein Erfolg war ein Sieg über die Bürokratie. Die Chefsekretärin von Albert Röder lebte mit ihrem Mann in einem Seniorenheim und konnte sich kaum noch erinnern. Elise Tal, ihre Kollegin, bewohnte ein kleines Haus am Stadtrand von Nürnberg. Lutz Volkmann war im Ausland, der andere Mitarbeiter unauffindbar. Die Freundin, bei der Heidemaries Mutter am Tatabend gewesen war und die ihr Alibi bestätigt hatte, lebte nicht mehr.

Es fehlte nur noch einer: der Buchhalter und Bauzeichner Peter Peterssen. Neben Elise Tal der Hauptbelastungszeuge. Bedauerlicherweise war er bei der Meldebehörde im Zusammenhang mit der Umstellung der Handkartei auf elektronische Datenverarbeitung verloren gegangen. Und seit der arme Mensch für den Computer nicht mehr existierte, gab es ihn weder für die Polizei noch für das Standesamt, das bekennen musste, einen Bürger ohne Sterbeurkunde datenmäßig beerdigt zu haben. Von Amts wegen. Sein endgültiger Tod würde den Behörden peinliche Schwierigkeiten bereiten, weil es noch keine Formulare für eine biblische Auferstehung gab. Nur für eine nette ältere Frau von der Versicherungsanstalt war dieser Mensch noch lebendig genug, um monatlich seine Rente zu erhalten.

Die Adresse erwies sich als ein mehrstöckiges Hinterhaus, das die Jahrzehnte verschlafen hatte. Es schrie nach Sanierung, aber solange die Mieteinnahmen noch sprudelten, änderte sich nichts an diesem erbärmlichen Zustand. Der alte Mann mit der Plastiktüte vor der Kellertür hatte sich der Umgebung angepasst. Seine armselige Kleidung war ebenfalls erneuerungsbedürftig.

Müller Zwo war sicher, gegen ein kleines Entgelt reichlich Informationen zu erhalten.

»Entschuldigen Sie, kennen Sie hier einen Herrn Peterssen?«

Der Mann sah ihn misstrauisch an. »Jaah«, sagte er bedächtig. »Warum?«

»Ich bin Privatdetektiv, sein Neffe lässt ihn suchen.«

»So, so. Wusste gar nicht, dass der einen Neffen hat. Was wollen Sie denn über den wissen?«

»Alles. Wer der Mann ist, wie er lebt und so.«

»Und so?« Er rieb Daumen und Zeigefinger gegeneinander. Das internationale Schnorrerzeichen.

»Zwanzig.«

»Für Hundert kriegen Sic fünfmal mehr. Es lohnt sich, versprochen.«

Müller Zwo war skeptisch, aber es handelte sich um Geld der Agentur, also willigte er ein, schob dem Mann die Scheine in die Hand und folgte ihm in die Wohnung. Rentnermilieu, dachte er. Kleine Zimmer, einfache Möbel, der alles beherrschende Fernseher und drei Blumentöpfe vor dem Fenster. Auf dem Tisch stand noch das Tablett mit dem Kaffeegeschirr. Die braunen Ränder in der Tasse waren bereits eingetrocknet.

»Sie haben gelogen, es gibt keinen Neffen. Ich bin Peter Peterssen. Wolln Sie 'n Bier?«

Er trug das Tablett in die Küche und kehrte mit zwei Bierflaschen und Gläsern zurück. »Was wolln Sie denn nun wirklich von mir wissen?«

»Mich interessiert die Familie Röder und Ihre Zeugenaussage damals in dem Mordprozess. Die Tochter Heidemarie hat einen Anwalt beauftragt, das Urteil aufheben zu lassen. Also ein neuer Prozess.«

»Hat sie das wirklich? Erst jetzt?« Er sprach langsam, fast vorsichtig.

»Sie will endlich ihre Unschuld beweisen und Sie werden wohl wieder als Zeuge auftreten. Können Sie sich noch an Einzelheiten erinnern?«

Und ob er das konnte, sehr gut sogar. Die Röders waren sein Leben. Mehr als dreißig Jahre hatte er Albert Röder treu gedient, vom Lehrlingsalter an bis zum bitteren Ende der Firma. Er hatte sie alle gekannt: den alten Herbert als Firmengründer, den Junior Albert und seine Frau Henriette und die Tochter Heidemarie, die er nie leiden konnte.

»Ich weiß es und kann nur dasselbe sagen, auch wenns der Frau Doktor nicht passt: dass er sein Testament ändern wollte. Und die Sache mit der Tal hab ich erst von seiner Frau erfahren.«

»Sie haben nie geheiratet?«

»Nie. Als ich merkte, wie das in der Familie vom Chef so lief, war ich froh, allein zu sein.«

»Wie meinen Sie das?«

»Na hören Sie! Der Chef geht dauernd fremd. Seine Frau, die heilige Henriette vom Acker – sie kam vom Dorf, wissen Sie – spielt sich auf wie 'ne Gräfin und bringt ihn um. Und die Tochter? Hat ihr dabei geholfen, wett ich! Die tat doch immer nur so katholisch, so keusch und prüde, auch vor Gericht. Wie die Unschuld persönlich.«

Müller Zwo wurde hellhörig. Der Mann wusste mit Sicherheit viel mehr und hatte im Prozess längst nicht alles ausgesagt. »Stimmte natürlich nicht.«

»Eben. Mitm heiligen Geist hat die nicht gefummelt. Der Lutz Volkmann wars, son mieser Erbschleicher. Deswegen hat der Chef ihn ja auch nach Syrien geschickt und die Heidemarie hat getobt. Umbringen wollt sie ihren Vater. Das hat sie dann ja auch getan.«

»Das haben Sie selber gehört?«

»Nee, der Chef hat's mir erzählt, im Krankenhaus.«

»Und was wissen Sie sonst noch?«

»Was ich weiß, weiß ich, hat aber nichts mit dem Prozess zu tun. Ich halt mich da raus, nicht mein Bier. – Möchten Sie noch eins?«

»Nein, danke. Aber sagen Sie, haben Sie noch Fotos von denen? Ich kenne diese Leute ja nicht. Man versteht das dann gleich viel besser.«

Für weitere fünfzig Mark holte Peterssen ein Fotoalbum aus der Vitrine und schwelgte eine Stunde lang in Erinnerungen, froh, endlich mal wieder von alten Zeiten reden zu können. Müller Zwo war sehr zufrieden.

Noch zufriedener wäre er allerdings gewesen, wenn er

auch das erfahren hätte, was der alte Mann ihm wohlweislich verschwiegen hatte und auch vor Gericht verschweigen wollte. Denn wenn er schon für das Reden Geld bekam, wie viel mehr würde er erst für sein Schweigen erhalten. Er war schließlich ein armes Schwein und für jede Spende dankbar.
Während Müller Zwo in seinem billigen Pensionszimmer hockte und den Bericht für die Detektei schrieb, fing Peter Peterssen an, im Dreck zu wühlen und die Vergangenheit wieder auszugraben.

Rechtsanwalt Potter studierte Müllers Bericht. Er war kurz und knapp und enthielt alles Wesentliche. Der Buchhalter gefiel ihm als Zeuge überhaupt nicht, der würde Heide und ihre Mutter nur belasten. Er konnte auf ihn verzichten, der Staatsanwalt aber wohl kaum. Auch Gaby Hoffmann sah noch keine Chance, die Glaubwürdigkeit dieses Peterssen zu erschüttern.
»Vielen Dank dafür, aber deswegen hättest du nicht den weiten Weg hierher zu machen brauchen. Heute ist mein vorletzter Urlaubstag, es hätte Zeit bis Montag gehabt.«
»Es gibt noch einen anderen Grund, etwas sehr Persönliches, das ich mit dir allein besprechen möchte.«
Er sah sie neugierig an. Schon bei der Begrüßung waren ihm ihre leuchtenden Augen und ihr weiches Lächeln aufgefallen.
»Dann schieß los, für dich habe ich immer Zeit. Ist was passiert?«
»Ja. Dein Doktor Peter Ascher hat sich in meine Beine verliebt und in das, was noch dazugehört. Er braucht dringend Erholungsurlaub.«

»Dann muss das ja sehr anstrengend für ihn gewesen sein«, lachte er. Ein Traumpaar könnten sie werden unter Gabys forscher Leitung.
»Du bist schrecklich. Glaubst du etwa, ich mache die Männer gleich fix und fertig? Mein Kind braucht einen gesunden Vater. Und das bald, weil ich nicht mehr die Jüngste bin. Wir verstehen uns prächtig; ob es aber auch für den grauen Alltag reicht, werden wir sehen.«
»Meinen Segen habt ihr, der Peter ist ein Pfundskerl.«
»Deshalb soll er ja auch nur mich bekommen. Du hast nicht zufällig hier auch 'ne nette Frau kennengelernt? Zum Beispiel die Frau Doktor Röder?«
»Nein«, log er unbekümmert. »Das ist keine nette Frau, das ist eine Mandantin, du kennst mich.«
»Ja, ja, ich weiß. Nie private Verhältnisse mit Mandanten, es könnte kompliziert werden.«
»Richtig.« Er war sicher, nichts würde sie von diesem Verhältnis erfahren. Wie auch?

Ein kleiner Irrtum, nur weil sie der Versuchung nicht widerstehen konnte, vor der Rückfahrt noch in dem Waldsee zu baden. Sie war allein und hielt es kurz vor Einbruch der Dunkelheit für überflüssig, ihren Badeanzug zu benutzen. Dummerweise tauchte jedoch ein Spaziergänger auf und setzte sich ausgerechnet auf die Bank, hinter der ihre Sachen lagen. Als auch noch eine Frau mit einem Picknickkorb erschien und ihn stürmisch umarmte, schwamm sie neugierig näher. Leute zu beobachten war nun mal ihr Beruf.
Der Mann war Mike Potter und er redete die Frau mit Heide an.

›Der Zufall ist also doch blond und hat lange Beine; aber weshalb versteckst du sie vor uns, Mike? Hoffentlich irrst du dich nicht. Mir gefällt sie gar nicht. Ich fürchte, wir müssen auf dich aufpassen.‹
MP aber wollte seinen vorletzten Urlaubsabend nutzen, um den privaten Fall Röder für die Zeit danach zu klären. Heidemarie Röder ebenfalls, nur auf ganz andere Weise. Sie zweifelte nicht daran, nach einer kurzen Übergangszeit mit Wochenendbesuchen zu ihm nach Hannover zu ziehen. Oder er zu ihr. Einen fröhlichen Abend wollte sie ihm bereiten und seine Sehnsucht auf das Wiedersehen in Gräfenberg wecken Von dort aus konnte er seine Nachforschungen in Nürnberg viel leichter betreiben.
»Lass uns erst baden, danach bin ich nur noch das nasse Schmusekätzchen.«
Von Katzen verstand er nicht viel. Dafür lernte er jetzt eine Wildkatze kennen, die ihre Beute mit allen Tricks verteidigte. Seine verspäteten Versuche, ihr zu erklären, wie wenig Zeit er für sie haben werde und wie trostlos ein Verhältnis mit monatlicher Besucherstunde sei, scheiterten kläglich. Sie ließ keine Begründung gelten und sorgte dafür, dass er nur mit einer Angelegenheit beschäftigt war: mit Heide, Heide und nochmals Heide.

Mike Potter drückte Dr. Ascher einen Schnellhefter in die Hand. »Urteil des Landgerichts Nürnberg und Testament. Ich hab mir die Unterlagen von Frau Röder schicken lassen. Sieh dir das mal in Ruhe an. Für das Gericht stand fest: kein Selbstmord, sondern Mord durch unbekannt, Mutter und Tochter war eine Beteiligung nicht nachzuweisen. Damit konnte zwar die Lebensversicherung ausbezahlt werden, die Erbschaftsregelung aber blieb erhalten. Die Behauptung von Albert Röder, Frau und Tochter hätten sein Leben bedroht, klingt nach kitschiger Rache.«

»Laut Anklage wollten die Frauen gerade die vorgesehene Regelung der Erbschaft vermeiden«, wandte Gaby Hoffmann ein. »Außerdem soll die Tochter gedroht haben, ihren Vater umzubringen. Wegen Lutz Volkmann.«

»Dummes Gerede einer Achtzehnjährigen, mehr nicht. Viel näher liegt es, dass ihre Mutter ihn tatsächlich aus Eifersucht umgebracht hat – wegen seines Verhältnisses mit der Sekretärin Elise Tal. Die hat nämlich vor Gericht behauptet, die Ehefrau Henriette habe diese Beziehung zufällig entdeckt. Vorausgesetzt, sie hat die Wahrheit gesagt. Der Buchhalter Peterssen dagegen will nichts von der Affäre gewusst haben, obwohl der über die Firma bestens orientiert war. Laut seiner Darstellung hat er das erst nach Röders Tod von der Ehefrau erfahren. Alle diese Aussagen erscheinen mir zweifelhaft. Und ...«

»Es kommt noch schöner, Mike«, unterbrach Gaby Hoffmann. »Es existiert noch ein Zeuge, ein Nachbar Wolff Hagen. Sehr wichtig, ist aber im Prozess nicht aufgetreten, seine Aussage steht nur in den Polizeiakten. Der Staatsanwalt muss ihn glatt vergessen haben.«

Mike Potter schenkte sich noch Kaffee ein und sah sie gespannt an.

»Dieser Zeuge beobachtet am Todestag so gegen zweiundzwanzig Uhr – um die Zeit starb der Röder–, wie in seinem Arbeitszimmer das Licht ausgeht und kurz danach eine Frau mit dem Wagen der Henriette Röder

das Grundstück verlässt. Die Person am Steuer hat der Zeuge nicht erkannt, leider.«
Mike Potter sprang auf. »Wie war das? Der Wagen der Ehefrau? Ausgerechnet um diese Zeit? Mit dem war doch die Tochter zum Konzert gefahren.«
»Behauptet die!« Sie sprach die Worte betont langsam aus.
»Ist das auch ganz sicher?«
»So steht es im Protokoll der Polizei.«
Er wanderte unruhig auf und ab. »Dass der Verteidiger auf diesen Mann verzichtet hat, kann ich ja verstehen, aber der Staatsanwalt? In dem Prozess scheint wohl nichts normal verlaufen zu sein. Mit dem Zeugen können wir einpacken. Aus!«
»Wieso? Wenn es die Ehefrau war, ist die Tochter fein raus.«
»Geht nicht, Peter. Erstens will sie auch ihre Mutter rehabilitieren und zweitens – die Erbschaft. Eine Mörderin kann den Ermordeten nicht beerben, die Kirche würde als Alleinerbin eintreten und die Versicherungssumme müsste erstattet werden. Dann erhält die Tochter bestenfalls ihr Pflichtteil, will aber alles haben.«
»Und wie geht es jetzt weiter?«, wollte Gaby Hoffmann wissen.
»Ich muss alles über diese drei Hauptzeugen wissen: den Hagen, die Tal und den Peterssen, auch über deren finanzielle Verhältnisse damals. Das wird deine Aufgabe sein, Gaby.«
»Du glaubst ...«
»Gar nichts glaube ich. Offenbar hat sich damals kein Mensch die Mühe gemacht, sich ausreichend über die

Beteiligten zu informieren. Nicht mal das Privatleben des Toten und die wirtschaftliche Lage seiner Firma wurden untersucht. Auch das solltest du nachholen.«

»Das dachte ich mir.«

Ihr so betont gleichgültiger Blick gefiel ihm gar nicht. Wahrscheinlich hatte sie wieder eine ihrer kleinen Überraschungen für ihn parat, dachte er sich. Aber sie stand nur auf und deutete auf die Papiere. »Das sind unsere Berichte und das Gutachten vom Amtsarzt. Gehen wir.«

Er verabschiedete die beiden an der Tür. Charlotte Gruber räumte das Kaffeegeschirr ab. »Sie können auch Schluss machen, ich werde die Unterlagen noch in Ruhe lesen. Irgendetwas muss mir einfallen.«

Das ärztliche Gutachten verschlechterte seine Laune noch mehr. Die Zeitangaben passten überhaupt nicht in sein Konzept. Zusammen mit der Aussage des Nachbarn ergaben sie einen erstklassigen Beweis – für Mord! Nicht aber für Selbstmord. Halblaut grübelte er vor sich hin.

»Um halb zehn fällt der Schuss, die Kugel trifft die linke Schläfe, eine halbe Stunde soll er noch gelebt haben – bewusstlos. Heide ist im Konzert, ihre Mutter bei der Freundin. Um zehn Uhr stirbt Röder durch Herzstillstand infolge Sauerstoffmangel. Erstickt? Durch Fremdeinwirkung? Zur selben Zeit hält sich eine zweite Person im Haus oder sogar in diesem Raum auf. Anschließend fährt eine weibliche Person mit dem Wagen der Ehefrau davon. Heide erscheint um halb elf bei der Freundin und trifft dort ihre Mutter. Um dreiundzwanzig Uhr fahren beide Frauen nach Hause, finden den Toten eine Viertelstunde später und alarmieren die Polizei. Halb zwölf kommt der Arzt, der Tote liegt auf dem Rücken, rechts von ihm die

Waffe. Klar, er war ja Rechtshänder. Aber keine Fingerabdrücke, keine Schmauchspuren.«
Enttäuscht schenkte er sich einen Calvados ein. Nach Selbstmord sah das alles nicht aus. Wer war die Person im Haus und wer die im Auto gewesen? Was hatte sich zwischen halb zehn und zehn Uhr abends im Arbeitszimmer von Albert Röder abgespielt? Wie lange hatte sich die unbekannte Person schon im Haus aufgehalten, den Schuss gehört, ihn einfach sterben lassen oder seinen Tod beschleunigt und die Fingerabdrücke auf der Waffe beseitigt, um einen Mord vorzutäuschen?
Fragen, Fragen, aber keine Antwort. Sicher war nur, diese Person musste einen verdammt guten Grund gehabt haben, keine Polizei zu rufen, nicht einmal anonym. Der Tote sollte also erst viel später gefunden werden.
Ein Geräusch erschreckte ihn. Charlotte Gruber. Sie hatte wieder einmal sehr praktisch gedacht. Wortlos stellte sie ein Tablett mit belegten Broten und Bier auf den Schreibtisch.
»Sie sind unbezahlbar, Sie sollten doch längst verschwunden sein.«
»Ich ahnte, dass es noch länger dauern würde, also hab ich es drüben im *Eck* bestellt. Guten Appetit. Zwei Flaschen Bier sind noch im Kühlfach. Und das soll ich Ihnen von Gaby geben.« Sie reichte ihm ein Schriftstück. »Jetzt geh ich wirklich.«
Er sah sie dankbar an. »Wenn ich Sie nicht hätte.«
Das meinte er ehrlich. Sie war die treue Seele der Kanzlei, die Mutter der Familie. Schon ein paar Tage Krankheit oder Urlaub genügten, um in seinem Büro ein Chaos hervorzurufen.

Charlotte Gruber war eine kluge, sehr tüchtige und sehr selbstbewusste Frau mit Herz, der es Spaß machte, ihre kräftige Figur auch zu zeigen. Sie liebte es bunt und modern. »Ich bin eben ein Vollblutweib und kann mir auch mit achtundvierzig noch ein tiefes Dekolleté leisten«, pflegte sie zu sagen und konnte es sich tatsächlich leisten. Seit vier Jahren arbeiteten sie schon zusammen. Damals hatte er ihr in einer schwierigen, sehr persönlichen Angelegenheit geholfen und sie war zu ihm in sein primitives Wohnzimmerbüro gegangen, obwohl er sich als unbekannter Anwalt gar keine Schreibkraft leisten konnte. Nicht nur aus Dankbarkeit. Vom ersten Tag an hatte sie ihn gemocht und für Ordnung und fröhliche Unruhe im Büro gesorgt und den Beginn seiner Karriere miterlebt. Eine aufregende Zeit für Charlie und ihren »Chef«. Geheiratet hatte sie nicht wieder. Irgendwie war es nie der Richtige gewesen, hatte es nur fürs Bett gereicht, aber nicht fürs Leben. Sie suchte mehr bei einem Mann.

MP hielt den Lebenslauf von Albert Röder in der Hand – den geschäftlichen und den privaten. Gaby Hoffmann war wieder einen Schritt schneller gewesen, hatte gehandelt, ohne ein Wort zu sagen – ihr Erfolgsrezept. Röders Tod war jetzt kein Geheimnis mehr für ihn. Der Mann hatte sich selber zugrunde gerichtet und sich aus Verzweiflung erschossen. Polizei, Staatsanwaltschaft und Verteidiger hatten damals schlampig ermittelt, weil sie voreingenommen gewesen waren. Und die Richter hatten nur ein schnelles Urteil gewollt. Aber weshalb Heide die besondere Situation ihres Vaters im Prozess nicht zur Sprache gebracht hatte, war ihm unverständlich.

Die Antwort bekam er am nächsten Tag, einem Sonnabend, in Gräfenberg: Heidemarie Röder hatte nichts davon gewusst. Ihre Freude, MP wieder zu sehen, verwandelte sich in hilflose Trauer. Zu schockiert war sie von seinen Enthüllungen, wollte es nicht glauben und weinte hemmungslos.

Der ehrenwerte Albert Röder war ein böser, herrschsüchtiger Mensch und eine krankhafte Spielernatur gewesen. Jahrelang hatte er mit hohen Einsätzen in den Spielcasinos sein Glück versucht: gewonnen und verloren, am Ende im großen Stil nur verloren. Kurz vor seinem Tod war sein einst so gesundes Unternehmen ausgeplündert und bankrott gewesen, sogar Mandantengelder hatte er veruntreut. Seiner Witwe war es vorbehalten geblieben, die Firma zu verkaufen, Schulden zu bereinigen und peinliche Untersuchungen zu verhindern. Ihrer Tochter hatte sie die Katastrophe verschwiegen und dank immer neuer Hypotheken auf dem Grundstück weiterhin die wohlhabende Henriette Röder gespielt, um wenigstens noch halbwegs in der Gesellschaft bestehen zu können.

»Das wusste ich alles nicht. Auch wenn ich ihn zuletzt gehasst habe, weil er mir meine erste Liebe genommen und mich wie eine Hure behandelt hat, war er für mich doch immer noch der untadelige Geschäftsmann gewesen.« Sie schluckte. »Damit muss ich erst allein fertig werden, sei bitte nicht enttäuscht deswegen.«

Das war er nicht, im Gegenteil, er hatte gar nicht beabsichtigt, bei ihr zu bleiben, sondern hatte bereits ein Hotelzimmer in Nürnberg reservieren lassen, um am Sonntag den pensionierten Bankbeamten Wolff Hagen aufzusuchen, den einzigen Zeugen, der das Alibi und die

Unschuld von Heidemarie oder Henriette Röder widerlegen konnte.

Wolff Hagen stand zwischen seinen Rosenbeeten, in der Hand die Gartenschere, und sah freundlich dem Besucher entgegen, den die Haushälterin über die Terrasse führte. Er war mittelgroß, sechsundsiebzig, seit vierzehn Jahren pensioniert und noch immer sehr rüstig. Der Strohhut verdeckte die Glatze, sein Händedruck war kräftig.
»Potter, Rechtsanwalt. Entschuldigen Sie mein Eindringen am heiligen Sonntag. Ich bin gerade in der Gegend und würde mich mit Ihnen gern über Ihren früheren Nachbarn Albert Röder unterhalten. Ich vertrete die Tochter Heidemarie in einem Wiederaufnahmeverfahren.«
Der alte Herr musterte ihn neugierig und fragte dann vorsichtig: »Geht es jetzt um die Erbschaft?«
»Das auch, in erster Linie aber um den Tod des Herrn Röder und die wahren Begleitumstände. Mord oder Selbstmord. Von der Polizei weiß ich, dass man damals auch Sie als Zeugen vernommen hat. Das ist alles schon sehr lange her, aber vielleicht können Sie sich dennoch an jenen Abend vor fünfundzwanzig Jahren erinnern, als Sie das Haus beobachtet haben.«
»Aber ja.« Die Antwort kam klar und bestimmt. »Setzen wir uns. Trinken Sie einen Frühschoppen mit? Das hält gesund, wie Sie sehen. Außerdem bringen Sie Abwechslung in das ruhige Leben eines Pensionärs.«
Mike Potter nahm die Einladung an. Wolff Hagen bat seine Haushälterin, eine mollige, fröhliche Frau Mitte sechzig, zwei Gläser und eine Karaffe Wein zu holen.
»Sie betreut mich schon seit zwanzig Jahren, seit ich

Witwer bin, und versorgt mich mit allem. Wir haben uns noch immer gern, deshalb wohnt sie auch hier. Meinen Kindern passt das nicht, die fürchten um ihr Erbe. Sollen froh sein, dass sie wenigstens die Hälfte kriegen.«
»Es ist schließlich Ihr Leben.«
Er lachte. »Hier am Rande der Großstadt hört man noch auf die Priester im Tempel des Herrn, auch wenn sie oftmals Schwachsinn und wenig christlich reden.« Er schenkte Wein ein und prostete seinem Gast zu. »Einmal predigte der von der Sünde und der Unzucht der Ehelosen. Da hab ich Bernie – so nenne ich sie – an die Hand genommen und mit ihr aufrecht die Kirche verlassen. Anschließend haben wir gesündigt, aus Protest. Die Glocken läuteten dazu, köstlich war es.«
»Und weshalb nehmen Sie sie jetzt nicht auch an die Hand, damit sie bei uns sitzt? Sie gehört doch zu Ihnen.«
»Sie mag so früh noch keinen Wein und will nicht bei ihrer Hausarbeit gestört werden. – Doch nun zu Ihnen, junger Mann. Also, ich entsinne mich noch ganz genau. Hier in diesen stillen Ecken passiert selten etwas und das vergisst man nicht so schnell. Albert und ich kannten uns gut, auch wenn wir keine direkten Nachbarn waren. Er brauchte manchmal meinen Rat in finanziellen Dingen, ich war früher bei der Bank. Er hat mir dieses Grundstück besorgt. Und dann kamen sein Tod und der Prozess. Eine böse Geschichte und viel Wirbel deswegen. Der Albert war stadtbekannt.«
»Auch beliebt?«
»Zum Teil. Seine Frau, die Henriette, weniger. Viele meinten, sie hätte ihn nur seines Geldes wegen geheiratet. Sie kennen das ja. Sie war neunzehn Jahre jünger, aber er

war es, der ihr das Kind gemacht hat, um sie zu kriegen – auf einer Dorfkirmes.«

»Weshalb sind Sie im Prozess nicht auch als Zeuge aufgetreten?«

»Keine Ahnung, hat mich auch gewundert, zumal sie freigesprochen wurden. Dabei war ich der einzige Augenzeuge und wusste, eine von beiden hat vor Gericht nicht die Wahrheit gesagt.«

»Sind Sie da ganz sicher?«

»Schon. Sehen Sie, ich machte auch damals jeden Abend so zwischen zehn und elf Uhr meinen Spaziergang. Noch heute tu ich das. Jedenfalls ging ich hier die Straße rechts runter, im Haus der Röders brannte nur Licht in seinem Arbeitszimmer im ersten Stock, nicht außergewöhnlich. Die Gardinen und Vorhänge waren zugezogen. Als das Licht ausging, wunderte ich mich, denn alles andere blieb dunkel. Weshalb stolpert der Alte im Finstern durchs Haus, fragte ich mich.«

»Berechtigte Frage. Können Sie sich noch an die Uhrzeit erinnern?«

»Nicht genau, so gegen zehn Uhr etwa. Das müsste in den Akten stehen.«

»Und was geschah dann? Sie sollen gesehen haben, wie eine Frau aus dem Haus kam und mit dem Wagen der Henriette wegfuhr.«

»Nein, nein, ganz so stimmt das nicht, so steht es auch nicht im Protokoll. Auf diese Fangfrage falle ich nicht rein, ich kenne die Advokaten. Prost«, amüsierte er sich.

»Entschuldigung, kommt nicht wieder vor«, gab Mike Potter zu.

»So dicht war ich gar nicht vor dem Haus. Ich hörte

nur, wie gleich darauf eine Autotür zugeschlagen wurde. Das machte mich natürlich neugierig, denn er fuhr schon lange nicht mehr selbst. Leider war ich nicht schnell genug, ich sah nur noch den kleinen blauen Volkswagen von Henriette Röder mit hoher Geschwindigkeit in Richtung Innenstadt fahren. Die Person hinter dem Steuer hatte langes Haar, also eine Frau«, lachte er und schenkte Wein nach. »Damals konnte man auch bei jungen Leuten noch Mann und Frau unterscheiden.«

Mike Potter lachte ebenfalls. »Stimmt. Aber wer die Fahrerin war, haben Sie nicht gesehen? Konnten Sie das Kennzeichen erkennen?«

»Weder – noch, dafür war es zu dunkel. Schwere Regenwolken zogen auf, es ging alles viel zu schnell. Das ist die Wahrheit, mehr kann ich nicht sagen. Als Zeugen werden Sie mich wohl kaum gebrauchen können.«

»Im Augenblick jedenfalls nicht. – Rein theoretisch könnte die Fahrerin doch auch eine Besucherin gewesen sein, die vergeblich geklingelt hat und wieder wegfuhr.«

»Ja, möglich ist das natürlich auch. Daran habe ich noch gar nicht gedacht, aber wenn ich mir das jetzt so überlege – ja.«

Erst hatte man den Zeugen Hagen vergessen, jetzt konnte man ihn nicht gebrauchen, weil er die Wahrheit gesagt hatte. Als der Staatsanwalt ihn später doch benötigte, stand er nicht mehr zur Verfügung.

Um die Wahrheit ging es auch dem zweiten Zeugen, allerdings auf ganz andere Art. Peter Peterssen dachte gar nicht daran, sie dem Gericht zu offenbaren und der Gerechtigkeit einen Dienst zu erweisen, er hatte eine

viel bessere Idee. Er würde als wahrer Menschenfreund weiterhin schweigen und dadurch einen Skandal vermeiden. Es verstand sich von selbst, dass eine so noble Geste der Anerkennung bedurfte. Ein dezenter Hinweis musste zunächst genügen – anonym per Telefon. An diesem Sonntag erhielt er endlich Gelegenheit dazu. Vorsorglich hielt er ein Taschentuch über die Sprechmuschel.
»Guten Abend. Mein Name tut nichts zur Sache – noch nicht. Ich habe gehört, dass der alte Mordprozess Röder wieder aufgerollt werden soll.«
Schweigen, nur schweres Atmen.
»Ich könnte als Zeuge geladen werden, wenn man mich findet oder wenn ich mich melde. Dann werde ich alles sagen müssen, auch die Geschichte mit Wien, Sie wissen schon.«
»Was soll ich wissen?« Die Stimme klang schrill, fast hysterisch.
»Denken Sie mal in Ruhe nach.«
Erneutes Schweigen. Die Antwort dann nur ein Flüstern.
»Das muss sehr lange zurückliegen und könnte längst vergessen sein. Nicht jeder hat ein so gutes Gedächtnis.«
»Stimmt. Es gibt Gedächtnislücken, auch vor Gericht, ich meine – wenn es die Umstände erfordern.«
Wieder wartete er geduldig, er hatte viel Zeit.
»Verstehe. Die besonderen Umstände, die Schwierigkeiten, die Sie haben. Ich könnte Ihnen dabei helfen.«
Genau diese Hilfe suchte er. »Es würde die Sache sehr erleichtern.«
»Ich sollte das besser persönlich erledigen, dann fällt es nicht so auf. Wo kann ich Sie erreichen?«

So dumm war er nun doch nicht. Der Fisch hatte nach dem Köder geschnappt, aber er musste erst richtig am Haken hängen. »Ich melde mich wieder.«

Merkwürdige Todesfälle

Rechtsanwalt Potter erschien eine halbe Stunde zu früh in der H.u.K.-Detektei. Schmunzelnd führte Gaby Hoffmann ihn durch das Büro in ihre Wohnung. Er war überrascht.

»Wie du siehst, haben wir den einfachsten Weg gefunden, den Tag gemeinsam zu beginnen. Für dich ist auch noch Kaffee übrig.«

»Richtig gemütlich. Wir sollten in Zukunft immer bei dir frühstücken.«

»Das könnte dir so passen, Mike!«, protestierte Dr. Ascher lachend. »Die Wohnung ist schon für zwei auf die Dauer zu klein, aber ich räum gern meinen Stuhl, muss sowieso ins Büro.«

»Du siehst noch reichlich müde aus. Solltest vielleicht vorher ein paar Stunden richtig schlafen«, feixte er.

»Das holt er heute Abend nach«, grinste Gaby Hoffmann. »Setz dich. Darf ich dir auch Schinken mit Ei anbieten?«

»Nein danke, Kaffee genügt. Auf dem Weg zum Gericht wollte ich nur wissen, was du über Elise Tal erfahren hast.«

»Bei der Firma Röder war sie die Nummer Zwei. Groß, hellblond, vornehm, immer nett und freundlich, unverheiratet, jetzt achtundsechzig Jahre. Das Verhältnis begann fünf Jahre vor seinem Tod, ist in der Firma aber offensichtlich nie aufgefallen.«

»Und die Nummer Eins? Spielt die Chefsekretärin auch eine Rolle?«

»Nein. Altmodischer Feldwebeltyp, tüchtig, aber unbeliebt. Hat erst vor fünfzehn Jahren als antike Jungfer Gertrud geheiratet. Die Tal blieb ledig. Haus und Grundstück hat sie erst vier Wochen vor Röders Tod geschenkt bekommen – von ihm.«

»Sieh an! Der Herrscher über eine bankrotte Firma veruntreut Gelder, schenkt seiner Geliebten ein Häuschen und bringt sich vier Wochen später um. Fantastisch! Hast du noch mehr Gruselgeschichten auf Lager? Gehörte ihm das Haus vorher oder hat er es ihr gekauft? Wenn ja, wie wurde der Kauf finanziert und was war der Grund für diese hochherzige Schenkung?«

Seelenruhig blätterte sie in ihren Unterlagen und amüsierte sich über seine Ungeduld. »Keine Ahnung. Sie hat es von einem Herrn Zanker gekauft. Finanziert durch Eintragung einer Hypothek, für die der hilfsbereite Verkäufer auch gleich die Löschungsbewilligung erteilt hat – gegen Barzahlung von Albert Röder. Wie sollte sie die Hypothek je tilgen?«

»Mit dieser tollen Geliebten muss ich persönlich reden sie war schließlich die Kronzeugin der Anklage.«

Am Abend rief er Elise Tal an, erklärte ihr die Situation und bat um ein Gespräch. Sie zögerte, vorsichtig und misstrauisch. Nachdem er ihr jedoch die Nachteile peinlicher Fragen vor Gericht dargelegt hatte, war sie bereit, ihn am Sonnabendnachmittag zu empfangen.

Trotz einer Irrfahrt durch die Siedlung verspätete er sich nur um fünf Minuten. Helle Augen musterten ihn freundlich, aber distanziert. Die Frau musste früher sehr hübsch gewesen sein. Weißes Haar umrahmte ein feines Gesicht. Ihre Finger spielten miteinander – das einzige Zeichen von Nervosität. Ihre Stimme klang warm und weich.
»Sie sprachen am Telefon von einem neuen Strafprozess.«
»Ja, aufgrund neuer Tatsachen, die Heidemaries Unschuld beweisen könnten – und die ihrer Mutter. Es gibt noch immer Leute, die glauben, beide seien Mörderinnen. Vor allem Heidemarie geht es um ihren Ruf.«
»Und um die vorenthaltene Erbschaft. Das wollten Sie doch sagen. – Aber nach so vielen Jahren? Sie wird sehr enttäuscht sein.« Ihr Lächeln bat um Verzeihung. »Wer ist denn nun an seinem Tod schuldig?«
»Ich bin überzeugt, es war Selbstmord.«
»So. Und was hat das mit meiner früheren Aussage zu tun?«
»So unmittelbar gar nichts. Die will ich Ihnen auch nicht ausreden. Es gibt jedoch ein paar Dinge, nach denen man Sie damals nicht gefragt hat, die aber jetzt für mich wichtig geworden sind und die nur Sie bestätigen können. Außerhalb des Gerichtssaales lässt sich manches viel einfacher klären oder erledigt sich von selbst.«
»Es ist meine Kaffeestunde. Ich finde es gut, sie mal wieder zu zweit zu genießen. Sie möchten doch sicher auch einen? Vielleicht einen echten Wiener Kapuziner

mit einem Schuss flüssiger Sahne? Ich habe einige Jahre in Wien gelebt und kenne mich damit aus.«
»Sehr gut. Dann bitte einen Kapuziner.«
Sie bat um etwas Geduld und servierte den Kaffee auf einem silbernen Tablett. »Sie wissen, dass ich seine Geliebte war und deswegen angefeindet wurde, aber sie konnten es mir nicht nehmen. Ich stehe auch heute noch dazu. Es war eine schöne Zeit.«
»Sie haben Albert Röder in seinen letzten Jahren wahrscheinlich besser gekannt als seine Frau. Ist das der Grund für dieses Haus?«
Falls er eine besondere Reaktion erwartete hatte, wurde er enttäuscht. Sie antwortete ganz ruhig: »Sie sind der Erste, der danach fragt, merkwürdig. – Er hat es mir geschenkt, vier Wochen vorher. Aus Dankbarkeit, weil er wieder glücklich war. Ich habe ihm geholfen.«
»Wobei geholfen?«
»Albert Röder zu sein und zu bleiben.« Sie verstand es recht geschickt, Fragen zu beantworten, ohne Konkretes zu sagen, dabei blieb ihr Lächeln immer bezaubernd. »Sie müssen die Zusammenhänge erkennen. Seine Firma stand vor dem Ruin, mich wollte er versorgt wissen und er war todkrank. Er hatte nicht mehr lange zu leben.«
Todkrank! Das war die Erklärung, das Hauptmotiv für den Selbstmord. Weshalb hatte ihm das keiner gesagt? Warum hatte Heide das verschwiegen? Peter Ascher hatte in den Akten nichts darüber gefunden, selbst Gaby war das entgangen. Er atmete tief durch.
»Was hatte er?«
»Im Krankenhaus haben sie zufällig Krebs festgestellt. Er hatte allen verboten, darüber zu sprechen. Wie ich sehe,

haben alle bis heute geschwiegen. Wahrscheinlich wussten es seine Frau und seine Tochter auch nicht. Aber die Krankheit hinderte ihn nicht daran, weiter am Spieltisch sein Glück zu suchen, um die Firma zu retten. Er glaubte an den großen Coup.«

»Und?«

»Er gewann und verlor alles – in einer Nacht. Hunderttausend hat er mir noch zugesteckt. Davon und mit dem Rest aus der Firma kaufte er am nächsten Tag dieses Haus.« Sie nahm ein Bild von der Wand und reichte es ihm. Ihre Augen wurden feucht, ihre Stimme leise. »Albert Röder.«

Lange betrachtete er die Fotografie. Das also war der Mann: Engstirnig, fanatisch im Glauben, gegen den er täglich verstoßen hatte. Ein Tyrann mit doppelbödiger Moral, der in einer Nacht sein Leben verspielt hatte. Sein letztes Spiel – alles oder nichts. Vier Wochen später seine letzte Tat – auch darin war er fanatisch gewesen.

»Bis zuletzt hatte er gegen die Krankheit gekämpft, gegen den drohenden Untergang. Er wollte es allen noch einmal beweisen, auch sich selbst.«

»Bis er keinen Ausweg mehr sah und sich erschoss.«

»Wie kommen Sie darauf?«, fragte sie sanft, fast vorwurfsvoll; ihre Miene verriet nichts. Sie hatte zu ihm gehalten bis zu seinem bitteren Ende und würde sein Andenken weiterhin bewahren. Und ihre Geheimnisse. Das war sie ihrem Albert schuldig.

»Im Prozess haben Sie über all das geschwiegen.« Er ignorierte ihre Frage.

»Ich hatte es ihm versprochen, außerdem wurde ich nicht danach gefragt. Im Prozess wurde überhaupt sehr wenig über sein Leben gesprochen, dabei ging es doch nur um ihn. Der Verteidiger war nicht gut.«

»Gibt es noch mehr, was Sie damals nicht gesagt haben?«

Sie sah ihn misstrauisch an. »Was meinen Sie damit?«

»Er hat doch von Selbstmord geredet und über seine Absicht, das Testament zu ändern. Was wussten Frau Röder und ihre Tochter wirklich von Ihrer Verbindung zu Albert Röder?«

»Den Gedanken an Selbstmord hat er erwähnt, ja, aber die Änderung seines Testamentes hat er sogar mir verschwiegen. Und unser Verhältnis?« Sie rührte in ihrer Kaffeetasse. »Henriette wird es geahnt haben. Einmal kam sie zufällig abends ins Krankenhaus und hat wohl gehört, wie ich mich etwas zu persönlich von ihm verabschiedet habe.«

Weitere Neuigkeiten erfuhr Mike Potter nicht. Aber ihre Aussage allein reichte schon für eine Wiederaufnahme des Verfahrens. Die Belastungszeugin Elise Tal war zur Kronzeugin der Verteidigung geworden.

Der achtundzwanzigste November war grau und diesig. Nach längerem Frost hatte ein Sturmtief milde Luft und Regen gebracht, den Schnee in schmutzigen Matsch und die Straßen in Eisbahnen verwandelt. Die Fahrt mit dem Auto war scheußlich, aber Mike Potter hatte es in Kauf genommen, um Heidemarie Röder die frohe Botschaft persönlich zu überbringen – als Erzengel Michael, weil dieses Ereignis nach all den Trauertagen so gut in die Adventszeit passte. In Wahrheit hatte er einfach nur Sehnsucht nach ihr.

Sein letzte Besuch lag acht Wochen zurück. Viel zu lange für ein Liebespaar, für Michael Potter aber der richtige Zeitraum, die Affäre etappenweise zu beenden, wie er sich einredete, und wieder einmal hatte er seine guten Vorsätze nach kurzem innerem Kampf elegant verdrängt. Ausreden gefielen ihm besser als vernünftige Argumente und Heides Körper besser als ihr Foto in der Schublade. Die stürmische Begrüßung gab ihm Recht.

»Alles ist für deinen Empfang vorbereitet. Bestimmt möchte MP nach dieser Fahrt zuerst einen heißen Kaffee.«

Kein Vorwurf wegen seines langen Fernbleibens, kein Wort über ihre unerträgliche Einsamkeit. Das würde ihn nur verärgern, damit war er nicht zu halten. Er brauchte das Weib, die Hexe, den Tanz im Fegefeuer. Und das sollte er bekommen.

»Richtig. Erst den Kaffee, danach ein heißes Bad.«

»Und wo möchtest du schlafen? Das Gästezimmer ist frisch tapeziert, es riecht allerdings noch ein wenig nach Farbe.«

»Dann am liebsten an der Wand.«

»Also eng und gemütlich, sehr schön. – Und jetzt kriegst du den Kaffee.«

Erst nach der zweiten Tasse berichtete er ihr von der tödlichen Krankheit ihres Vaters. Wieder war sie völlig ahnungslos. Die Ärzte hatten sich an die Schweigepflicht gehalten. Diesmal traf es sie nicht so hart, erfuhr sie doch endlich den wahren Grund für seinen Selbstmord.

»Die Krankheit hat das Landgericht endgültig überzeugt. Es hat dem Antrag auf Wiederaufnahme des Prozesses stattgegeben. Die Verhandlung findet Mitte März statt. Hier – lies selbst.«

Sie starrte ihn ungläubig an. Ihr Körper zitterte, das Herz pochte wild, sie konnte es nicht fassen. Vorsichtig griff sie nach dem Dokument. Die Buchstaben verschwammen vor ihren Augen, nur das Wort »stattgegeben« sprang ihr förmlich entgegen, wurde riesengroß und strahlte wie eine Leuchtreklame. Endlich war es so weit. Sie erdrückte ihn fast.

»Mike! Sag, dass ich nicht träume! – Sag es! Mein Gott! So fest habe ich daran geglaubt.« Sie weinte vor Freude.

»Das muss gefeiert werden. Ich bestelle gleich beim Partyservice ein Festmenü. Der Champagner liegt schon im Kühlschrank. Du bist der tollste Nikolaus, den ich kenne.«

»Der kommt erst in einer Woche.«

»Mich hat er aber heute schon beschenkt.« Sie hätte schreien können vor Glück. Alles hatte sie erreicht, über alle würde sie triumphieren. Niemand sollte es wagen, sich ihr zu widersetzen, ihr die Erbschaft streitig zu machen. Sie sah nur noch sich und feierte den ersten Sieg bis spät in die Nacht. Ihrem Nikolaus blieb nur die Rolle des Statisten zur besonderen Verwendung.

Der alte Peter Peterssen feierte ebenfalls, still und bescheiden, wie es seine Art war. Ausnahmsweise hatte er sich eine Flasche Cognac spendiert. Am liebsten hätte er die dicke Evelyn eingeladen, die eine Etage tiefer wohnte und für ein paar Gläschen immer so nett zu ihm sein konnte. Aber die zog wieder durch die Kneipen, um betrunkene Freier zu finden. Also begnügte er sich mit seinen Gedanken an eine rosige Zukunft und malte sich aus, was er mit der Belohnung alles machen würde. Dreißigtausend hatte er für sein Schweigen verlangt. Montag Abend, in zwei Tagen, sollte er das Geld bekommen.

Doch leider war seine Glücksgöttin sehr launisch. Eine Dose mit Tabletten, die die edle Spenderin zufällig in seinem Badezimmer entdeckte, wirkte sich sehr nachteilig auf ihren Segen aus. Sie nahm eine Tablette mit und dafür Zwanzigtausend aus dem Briefumschlag wieder heraus.

»Zehntausend als Anzahlung. Mehr konnte ich so schnell nicht auftreiben, sonst wäre es aufgefallen. Den Rest bringe ich in drei Tagen als vorzeitiges Nikolausgeschenk. Bis Donnerstag dann.«

Die gute Fee aus dem Märchen kam tatsächlich wieder. Der menschenfreundliche Buchhalter hegte kein Misstrauen. Auch nicht, als sie sich diesmal doch zu einem Cognac überreden ließ und ihr prompt übel davon wurde. Eilig verschwand sie im Badezimmer.

Natürlich irritierte es ihn maßlos, als sie ihn anschließend in übelster Weise beschimpfte, das Geld wieder an sich nahm und sogar die Anzahlung erstattet haben wollte. Aus dem lieben Nikolaus war ein böser Knecht Ruprecht geworden.

»Morgen Abend hole ich mir das Geld ab. Sonst gehe ich zur Polizei.«

Der arme Peterssen verstand die Welt nicht mehr. Er bekam Schweißausbrüche, rang nach Luft und zitterte am ganzen Körper.

Was hatte er bloß falsch gemacht? Woher dieser plötzliche Sinneswandel? Er hatte doch geschwiegen, niemand sonst kannte das Geheimnis. War das jetzt der Dank?

Wütend schlug er mit der Faust auf den Tisch und trank noch einen Cognac.
Die Herzbeschwerden setzten wieder ein. Mühsam schleppte er sich zu dem kleinen Schrank im Badezimmer, schluckte zwei Tabletten, legte sich auf das zerschlissene Sofa und zog die alte Wolldecke über sich. Kalt war ihm, schrecklich kalt.
Und dann kamen sie, lachten ihn aus, höhnisch und bösartig: die fette Evelyn, Albert Röder, die keusche Heidemarie und auch Elise Tal, die er früher heimlich verehrt hatte. Er würde nicht länger schweigen, nein, jetzt würde er alles sagen. In Gedanken stand er vor dem Richter und redete und redete.
Sein Mund wurde trocken. Er sah das Glas Wasser und griff danach. Der Richter nickte ihm gütig zu. Doch die Hand fasste ins Leere.
Vierundzwanzig Stunden später fanden sie ihn. Der Arzt stellte Tod durch Herzversagen fest, vermutlich im Zustand hochgradiger Erregung, eingetreten am 3. Dezember um 21 Uhr. Überrascht war niemand. Der alte Mann litt schon seit Jahren an Herz- und Kreislaufbeschwerden. Rätselhaft blieben nur die zehntausend Mark auf seinem Sparbuch. Das Hauptproblem bestand für die Beamten darin, einen Toten zu verwalten, der als Lebender amtlich gar nicht mehr existiert hatte.
Der tödliche Unfall von Wolff Hagen vier Wochen später, am 2. Januar, wurde gleichfalls routinemäßig bearbeitet, registriert und abgeheftet. Ein typischer Fall von Fahrerflucht. Der Pensionär hatte wie jeden Abend gegen 22 Uhr seinen Spaziergang gemacht und war fünfhundert Meter von seinem Haus entfernt von einem Auto so unglücklich

zu Boden geschleudert worden, dass er sich das Genick gebrochen hatte. Hinweise auf den Fahrer oder das Kraftfahrzeug gab es nicht. Keine Glassplitter, keine Lackteile an der Kleidung des Toten, keine Bremsspuren.
Die Beerdigung fand im engsten Familienkreis statt. Seine brave Lebensgefährtin Bernie zählte sich selbstverständlich dazu – die einzige, die wirklich um ihn trauerte. Die schelen Blicke der Familien seiner Kinder störten sie nicht. Was wussten die schon von ihr und seinem Leben? Die warteten wie die Aasgeier nur auf ihre Erbteile und fanden es höchst anstößig, sich auch noch an den Kosten der Beisetzung und der Grabstätte beteiligen zu müssen.

Der Prozess

Der Prozess vor dem Landgericht Nürnberg ähnelte der Generalprobe einer Kleinkunstbühne. Regie führte Rechtsanwalt Potter aus Hannover. Die Parteien bemühten sich um eine ruhige, sachliche Atmosphäre im Gegensatz zu der emotionsgeladenen, feindseligen Stimmung des ersten Prozesses. Eine zweite Hexenverfolgung blieb Heidemarie Röder erspart. Mike Potter hatte es ihr prophezeit.
Erschienen waren die Hauptbeteiligten: drei Berufsrichter, zwei Schöffen, der Staatsanwalt und der Verteidiger, die Angeklagte Frau Dr. Röder, eine Zeugin, die

Dame für das Protokoll und ein Gerichtsdiener. Publikum und Presse fehlten. Die verfassungsgemäß vorgesehene Öffentlichkeit wurde durch einen müden Mitarbeiter des Kirchenamtes repräsentiert, dessen Aufmerksamkeit jedoch nur erbrechtlichen Fragen galt. Die Welt interessierte sich nicht mehr dafür, wie Albert Röder gestorben war.

Der Tod der beiden Zeugen Hagen und Peterssen wurde allgemein bedauert. Besonders der Staatsanwalt, ein älterer Vertreter seiner Zunft mit deutlichem Hang zum Übergewicht, zeigte sich sehr betrübt, sprach unverblümt von einem schicksalhaften Glücksfall für die Verteidigung und bestand darauf, die Aussagen der Verstorbenen der Einfachheit halber als wahr zu unterstellen. Erwartungsgemäß erhob Mike Potter Einspruch, jedoch ganz anders, als es der Staatsanwalt vermutet hatte.

»Gegen den Ausdruck ›Glücksfall‹ verwahre ich mich. Es besteht überhaupt kein Anlass zur Polemik. Mir fehlen diese Zeugen ebenfalls, wie die Verhandlung noch zeigen wird. Ich hätte nämlich zum Beispiel gern gewusst, was sie verschwiegen haben, und vor allem – warum.«

Er machte eine kurze Pause. Der Vorsitzende Richter nickte. Er hätte genauso argumentiert.

»Die Aussage des Zeugen Hagen ist nicht verwertbar. Sie wurde nur vor der Polizei gemacht, nicht aber vor dem Prozessgericht damals. Ich könnte sie also ablehnen, das wissen Sie. Weil die Verteidigung aber Wert auf ein gerechtes und objektives Verfahren legt, bin ich einverstanden damit, die Teile seiner Aussage zu akzeptieren, die im Einvernehmen mit dem Gericht als unwiderlegbar anzusehen sind, als Erklärungen nach bestem Wissen und Gewissen. In diesem Fall bin ich bereit, auf den Einwand der Falschaussage zu verzichten. Ein faires Angebot, oder?«

Die Richter schmunzelten. Langwierige Streitigkeiten um prozessrechtliche Fragen würden damit vermieden werden. Der Staatsanwalt allerdings war verunsichert; er witterte eine Falle.

»Und wie stellen Sie sich das vor, Herr Verteidiger?«

»Ganz einfach. Der Zeuge Hagen hat gesehen, dass am 20. Juni 1973 gegen zweiundzwanzig Uhr ein blauer Volkswagen Marke Käfer das Grundstück der Röders verließ. Am Steuer eine unbekannte Frau.«

»Und dieser Wagen gehörte Henriette Röder, der Ehefrau!«, warf der Staatsanwalt ein.

»Sehen Sie, genau darum geht es, Herr Kollege. Wagen und Uhrzeit sind Tatsachen, der Rest reine Vermutung. Der Zeuge hat weder die Frau noch das Nummernschild erkannt. Es gab damals viele blaue Käfer.«

»Na gut, einverstanden. Und bei dem Peterssen? Können wir davon ausgehen, dass ihm das Verhältnis zwischen Albert Röder und der Zeugin Tal nicht bekannt war, er aber von der beabsichtigten Testamentsänderung wusste? Und dass die Ehefrau die Geliebte kannte?«

»Stopp! Stopp! Frau Henriette Röder kannte alle Mitarbeiter der Firma, also auch Frau Tal. Ich zitiere aus dem Protokoll die entscheidenden Sätze, die Frau Röder zwei Tage nach dem Tod ihres Mannes zu dem Peterssen gesagt haben soll: ›Hier wird sich nichts ändern, auch nicht durch sein neues Testament. Es wird Montag eröffnet. Eine andere Frau spielt auch eine Rolle dabei, aber vergessen Sie das sofort wieder.‹ – So weit seine Aussage.

Keine Namen, kein Hinweis auf Frau Tal. Also damit kann ich leben.«
Der Staatsanwalt und die Richter konnten es auch. Der Vorsitzende diktierte die Einigung ins Protokoll. Mike Potter war sehr zufrieden, seine Mandantin jedoch war entsetzt und fand es katastrophal. Ausgerechnet diese belastende Behauptung wollte er zulassen?
Zornig zischte sie ihn an: »Was soll der Unsinn? Willst du den Prozess verlieren?«
»Die Zeugen sind völlig unwichtig geworden, niemand kann ihnen mehr verhängnisvolle Fragen stellen. Entscheidend ist die Stimmung des Gerichts. Außerdem macht sich jetzt kein Mensch mehr Gedanken über diese merkwürdigen Unfälle. Es hätte für uns sonst verdammt unangenehm werden können. Der Staatsanwalt ist blind.«

Nach zwei Stunden intensiver Erörterung der Beweismittel, der Zeitangaben und der Feststellungen des Polizeiarztes trat als einzige Zeugin Elise Tal auf. Sie bestätigte ihre damalige Aussage, bat jedoch um Nachsicht, falls sie sich nach so langer Zeit nicht mehr an alle Einzelheiten erinnern sollte. Mike Potter grinste nur.
»Sie wissen aber noch, dass Albert Röder im Krankenhaus davon geredet hat, Selbstmord zu begehen.«
»Ja, ein einziges Mal.«
»Kennen Sie auch den Grund dafür?«
»Es ging ihm sehr schlecht. Die Ärzte hatten unheilbaren Krebs entdeckt. Sie gaben ihm höchstens noch ein Jahr.«
»Sind Sie da ganz sicher?«, wollte der Staatsanwalt wissen. »Davon war nämlich damals überhaupt keine Rede.«

»Ich bin ganz sicher. Er war todkrank, hatte aber allen verboten, darüber zu reden. Und – nun, im ersten Prozess hat niemand danach gefragt.«

»Einer der behandelnden Ärzte hat es bestätigt«, ergänzte Mike Potter. »Er befindet sich zur Zeit leider auf einer Kreuzfahrt. Doktor Krüger. Ich habe hier seine eidesstattliche notarielle Erklärung. Ich meine, wir können das als Tatsache hinnehmen, sonst müssen wir vertagen.«

»Haben Sie davon gewusst, Frau Röder?«, fragte der Vorsitzende.

»Nein, das habe ich erst vor einigen Monaten von meinem Rechtsanwalt erfahren und war schockiert. Das haben die Ärzte sogar meiner Mutter und mir verschwiegen.«

»Und wie sind Sie darauf gekommen, Herr Rechtsanwalt? Offenbar war das fünfundzwanzig Jahre lang ein großes Geheimnis.«

»Herr Vorsitzender, im Gegensatz zu meinem damaligen Kollegen und den anderen Prozessbeteiligten einschließlich der Polizei habe ich mir die Mühe gemacht, auch die persönlichen Verhältnisse des Verstorbenen zu überprüfen, um ein glaubhaftes Motiv für seinen Selbstmord zu finden.«

»In Ihrem Wiederaufnahmeantrag haben Sie außerdem als weiteren Grund wirtschaftliche Schwierigkeiten angegeben. Albert Röder soll Spieler gewesen sein und seine Firma ruiniert haben.«

»Ja. Frau Tal kann auch das bestätigen. Die Firma Röder war bankrott. Der Buchhalter Peterssen hat das ebenfalls gewusst. Jetzt werden Sie verstehen, weshalb ich gerade diesen Zeugen sehr vermisse.« Das Grundstück der Elise Tal erwähnte er nicht.

»Stimmt das alles, Frau Tal?« fragte der Vorsitzende.
»Ja, es stimmt.« Sie zuckte mit den Schultern. »Damals hat sich niemand dafür interessiert, weshalb sollte ich es also sagen?«
Darauf wussten die Richter auch keine Antwort. Sie flüsterten miteinander. Der Vorsitzende erhob sich. »In Anbetracht der veränderten Situation wird die Sitzung für zehn Minuten unterbrochen.«
»Zuvor bitte noch eine Frage an die Zeugin, um das Gericht vollständig zu informieren.« Mike Potter ging zu ihr. »Was für einen Wagen fuhren Sie damals?«, fragte er betont freundlich.
Sie schien einen Augenblick zu überlegen. »Einen Käfer, blau.«
»Einen Volkswagen. Also das gleiche Modell wie Henriette Röder.«
»So war es«, lächelte sie vornehm. »Albert hatte gleich zwei blaue Käfer mit Firmenrabatt gekauft – für jede Frau einen.«
»Sie waren an jenem Abend, am zwanzigsten Juni, nicht zufällig auch im Haus der Familie Röder?«
»Nein!«, kam sehr bestimmt die Antwort.

Während der Pause diskutierte Mike Potter mit dem Staatsanwalt über den Fortgang des Verfahrens in der Hoffnung auf einen schnellen Freispruch. Eine Einigung war jedoch nicht möglich. Der Vorsitzende Richter setzte die Verhandlung mit einer Erklärung fort, die das Urteil vorwegnahm.
»Die bisherige Beweisaufnahme und die Prozessakten ergeben nach der Überzeugung des Gerichts auch heute noch

immer keine konkreten Anhaltspunkte für ein Verschulden der verstorbenen Frau Henriette Röder oder ihrer Tochter Doktor Heidemarie Röder an dem Tod von Albert Röder. Im Gegenteil, seine unglücklichen Lebensumstände lassen einen Freitod glaubwürdig erscheinen, auch wenn weiterhin ungeklärt bleiben muss, wie Albert Röder es fertig gebracht hat, sich zu erschießen, ohne Fingerabdrücke auf der Pistole zu hinterlassen. Die Kriminalpolizei scheint damals nicht sehr sorgfältig gearbeitet zu haben. Überhaupt hat man in dem ersten Prozess vieles nicht gewusst und nicht beachtet. – Wird der Staatsanwalt möglicherweise die Anklage zurückziehen?«

»Prozessrechtlich geht das nicht, weil damit das alte Urteil nur gegenstandslos werden würde, als hätte es nie einen Prozess gegeben. Die Verteidigung legt aber Wert auf einen Freispruch. Den könnte ich beantragen, wenn es eine plausible Erklärung für die Anwesenheit der Frau in dem blauen Wagen ausgerechnet zur Zeit des Todes von Albert Röder gibt. Drei große Fragezeichen reichen mir nicht.«

Der schwache Punkt – Mike Potter wusste es. »Zig Millionen Käfer gab es damals, blau war eine der Lieblingsfarben. Wir wissen nur, wann die Frau abgefahren ist, nicht aber die Zeit ihrer Ankunft. War sie überhaupt im Haus? Und wenn ja, wie lange? Fest steht, der Schuss fiel dreißig Minuten vorher. Glauben Sie ernsthaft, eine Mörderin wartet eine halbe Stunde lang auf den Tod ihres Opfers, während ihr Auto wie eine Visitenkarte vor der Tür steht? Es könnte ja auch eine Besucherin gewesen sein, die vergeblich geklingelt hat und wieder weggefahren ist.«

»Das klingt vernünftig«, stimmte der Staatsanwalt zu. »Frau Röder, wissen Sie noch, wann an jenem Abend das Konzert zu Ende war?«
»Nein, das weiß ich nicht mehr, nur noch, dass ich sofort zu der Freundin meiner Mutter gefahren und dort gegen halb elf eingetroffen bin. – Oder wäre es jetzt besser für mich, wenn ich einfach behaupten würde, es sei kurz nach zehn gewesen?«
»Nein.« Der Staatsanwalt lachte zum ersten Mal. »Ich hätte es Ihnen nie geglaubt. – Also gut, ich beantrage Freispruch für die Tochter und ziehe die Anklage gegen Henriette Röder zurück. Bedarf es noch einer Begründung fürs Protokoll? Wohl kaum.«
»Ich schließe mich an!«, rief Mike Potter erleichtert. »Verzichten wir auf die Plädoyers und bringen es schmerzlos hinter uns.« Der Vorsitzende Richter diktierte die Anträge ins Protokoll, erhob sich und verkündete das Urteil im Namen des Volkes: Freispruch für Heidemarie Röder wegen Selbstmord ihres Vaters.
»Ich nehme an, auf Rechtsmittel wird allseits verzichtet.« Staatsanwalt und Verteidiger nickten nur. »Damit ist das Urteil rechtskräftig. Die Sitzung ist geschlossen.«

Heide Röder umarmte Mike Potter. »Du glaubst gar nicht, wie glücklich ich bin – frei und reich! Entschuldige, wenn ich vorhin Zweifel an dir hatte.«
»Vergiss nicht Elise Tal, ohne sie wäre es viel schwieriger verlaufen.«
Er ging der alten Dame nach und verabschiedete sich auf dem Gerichtsflur von ihr. Ganz ruhig sah sie ihn an. »Ich habe meine Pflicht getan, für mein Gewissen. Und

Sie haben Ihr Wort gehalten. Danke, dass Sie nicht weiter nachgefragt haben. Sie sind ein sehr kluger Anwalt. Heidemarie wird sich über das Urteil freuen, aber enttäuscht sein, und das ist gerecht.«

Den Sinn ihrer Worte verstand er nicht ganz, war aber überzeugt, dass es immer noch Dinge gab, über die sie nicht reden wollte. Nur interessierte ihn jetzt das letzte Geheimnis nicht mehr. Er hatte seine Aufgabe erfüllt und Heide zu ihrem Recht verholfen.

Sein privates Problem allerdings war damit noch nicht gelöst. Es stand vor ihm und verlangte erneut eine Entscheidung. Ein Wiederaufnahmeverfahren hatte er gerade gewonnen, das zweite drohte er zu verlieren. Sie würde ihr Urteil über ihn sprechen: lebenslänglich! Wollte er das? Nein. Also Verzicht auf ihre Liebe? Eigentlich auch nicht.

In diesem Moment fand er sich selber zum Kotzen feige. Ein verführerischer Körper lähmte seinen Verstand, eine Hexe hielt ihn gefangen und die wollte endlich Gewissheit über ihre gemeinsame Zukunft.

»MP hat sich eine große Belohnung verdient.« Sie drückte sich an ihn. »Gefeiert wird bei mir, ja?«

»Natürlich.« Was sollte er sonst sagen?

Vor der Haustür blieb er stehen und betrachtete die mit Kreide geschriebenen Großbuchstaben »C+M+B« und die Jahreszahl 1999. »Die sehen noch ziemlich neu aus. Gehört habe ich schon davon, aber was bedeutete das?«

»Die Namen der Heiligen Drei Könige Caspar, Melchior und Balthasar. Die Buchstaben sind die Kurzform für den lateinischen Segensspruch *Christus mansionem benedicat* – Christus segne dieses Haus.«

»Ah ja. Die es in der Bibel überhaupt nicht gibt, und deren Gebeine man im Kölner Dom verehrt, bei denen es sich aber um Kinderskelette handelt. Schöner Aberglaube. Hast du das geschrieben?«
»Ich? Gott bewahre! Dann bringt es ja keinen Segen. In den ersten Januartagen senden die Bischöfe Sternsinger aus, die Geld sammeln für wohltätige Zwecke. Kinder als Heilige Könige verkleidet ziehen von Haus zu Haus, und wer was spendet, dem schreiben sie den Segen über die Tür.«
»Sehr praktisch, weiß doch jeder sofort, wer nichts gegeben hat. Christliche Nötigung und Gesinnungschnüffelei.«
»Aber der Segen hat geholfen, wir haben den Prozess gewonnen. Komm, der Champagner und die kalten Platten warten schon.«
Während er die zweite Flasche öffnete, fragte sie beiläufig: »Eins hab ich nicht verstanden. Wieso soll der Staatsanwalt wegen der toten Zeugen blind gewesen sein?«
»Na hör mal! Von drei Belastungszeugen sterben zwei kurz vor dem Prozess, und das unter reichlich merkwürdigen Umständen.«
»Ein Herzkranker stirbt an Herzversagen, ein Rentner wird nachts überfahren, Fahrerflucht. Sehr traurig, aber so ungewöhnlich nun auch nicht. Die Polizei hat die Ermittlungen längst eingestellt.«
»Schon, aber der Staatsanwalt hätte zumindest versuchen müssen, deinen Heiligenschein anzukratzen, beim Gericht Zweifel an deiner Glaubwürdigkeit zu wecken. Ich hätte mich nicht so lammfromm verhalten.«
»Glaubst du etwa, ich hätte was damit zu tun?« Ihre

Stimme klang gefährlich leise und hatte wieder den harten Unterton, der ihr Lächeln Lügen strafte. Schon zweimal war es ihm heute aufgefallen, ohne dass es eine Bedeutung für ihn gehabt hatte. Aber jetzt machte es ihn stutzig.

»Nein! Aber als Ankläger hätte ich dich zum Beispiel nach deinem Alibi an diesen Todestagen gefragt.«

»Und ich hätte dem Gericht die Wahrheit gesagt. Ausgerechnet zu dem Zeitpunkt habe mein Rechtsanwalt gewaltsam versucht, mich zu verführen, und ich sei Stunden damit beschäftigt gewesen, ihm zu beweisen, dass man auch friedlich und gemeinsam einen wunderschönen Orgasmus erleben kann.«

»Gelogen.«

»Hättest du ihm die Wahrheit gesagt?«

»Klar. Ich bin immer für die Wahrheit, auch in obszönen Dingen.«

Ein neuer Verdacht

Den Prozess hatte Michael Potter gewonnen, die Wahrheit aber nicht gefunden. Privat war es umgekehrt. Er stand vor der endgültigen Niederlage und musste sich eingestehen, den besonderen Fähigkeiten der Hexe Heide nicht gewachsen zu sein, jedenfalls nicht in ihrer unmittelbaren Nähe. Im fernen Hannover war er sicher vor körperlichen Offenbarungseiden und konnte unbeschwert

den juristischen Erfolg und zugleich Gaby Hoffmanns dreiunddreißigsten Geburtstag im Restaurant *Zur alten Scheune* feiern.
Geradezu festlich hatten sie sich gekleidet. Das Geburtstagskind trug einen sehr modernen Hosenanzug mit buntem Schal statt einer Bluse. Charlotte Gruber sah wie immer »effeff« aus – farbenfroh und freizügig, aber dezent. Den Vortritt überließen sie Mara Taiba, der Königin des Abends. Das lange schneeweiße Kleid wurde auf ihrer dunklen Haut zu einem einzigen Ausrufezeichen.
Nach dem Essen blieb es Charlotte Gruber vorbehalten, die fröhliche Gesellschaft durch eine harmlose Frage in ein juristisches Kolloquium zu verwandeln.
»Also ich finde, dieser ganze Prozess ist sehr merkwürdig verlaufen. Was damals wirklich passiert ist, wissen wir immer noch nicht. Ich frage mich, warum die Doktorsche damit so lange gewartet hat. Finanziell hat sich das wohl kaum für sie gelohnt.«
»Dafür ist ihre Ehre gerettet, sie hat wieder ein Gesicht«, strahlte die Königin in Weiß. »Das ist sehr wichtig.«
»Und muss deshalb das Geld aus der Lebensversicherung zurückzahlen, weil das Gericht auf Selbstmord erkannt hat. Kann sie das überhaupt oder muss sie die Erbschaft nun wieder ausschlagen?«
»Irrtum, Charlie. Der Anspruch der Versicherung ist seit drei Monaten verjährt«, belehrte Peter Ascher sie. »Die Frist in dem Vergleich ist bereits abgelaufen.«
»Ach so! Jetzt kapier ich das erst. Verjährung nach fünfundzwanzig Jahren. Deshalb! Ganz schön raffiniert, das Weib. Das Geld kann sie behalten, das Testament anfechten und die Kirche geht leer aus.«

Einen Augenblick herrschte Stille. Sie sahen sich verblüfft an, dann hatten auch sie begriffen und redeten plötzlich alle durcheinander. Mike Potter hob die Hand.

»Pst!«, mahnte Mara Taiba. »Häuptling beschwört Dämonen.«

Er musste lachen. »Also, Mara, der einzige Dämon hier, der uns verhexen will, sind Sie.«

»Ich? Eine Hexe?« Unschuldig blickte sie mit ihren großen dunklen Augen in die Runde. »Ich will doch nicht verführen, nur gefallen, Ihnen besonders, Chef. Aber vielleicht ist die Frau Doktor eine Hexe. Hier bei euch sagt man doch, die Hexen verderben die Männer, weil sie ihnen die Kraft rauben und sie willenlos machen.«

Damit könntest du sogar Recht haben, dachte er und spürte wieder Unsicherheit und Zweifel.

»Charlies Idee ist gar nicht so verkehrt. Frau Röders Nachforschungen sind die ganzen Jahre über erfolglos geblieben, behauptet sie. Dabei hat sie nicht einmal die Prozessakten eingesehen, wusste nichts von diesem vergessenen Zeugen Hagen. Aber genau nach fünfundzwanzig Jahren will sie Klarheit, auch wegen der Erbschaft. Die Testamentsvollstreckung war auf Antrag der Kirche angeordnet worden. Das hat sich erledigt, weil Henriette Röder die Schulden ihres Mannes bereinigt hat. Und das offensichtlich ohne Wissen der Tochter. Die glaubt an ein Vermögen.«

»Beim Tod der Mutter waren von der Lebensversicherung noch etwa dreißigtausend Mark übrig«, erklärte Peter Ascher. »Das Grundstück ist hoch belastet und durch den schlechten Zustand des Hauses und durch das benachbarte Altenheim der Kirche stark im Wert gesunken. Mit Sicherheit hat sie viel mehr erwartet.«

»Sie wird enttäuscht sein. Komisch, über den Nachlass wurde nie geredet.«

»Um Ihr Mitleid zu wecken, Chef. Der ging es nur ums Geld. Ich hab das Gefühl, für die wurde der Vater erst nach seinem Tod wertvoll.«

»Charlie hat Recht. Aber dann tauchen die Gespenster der Vergangenheit auf und der Dämon lässt Zeugen sterben. Ein guter Dämon.« Mara Taibas Augen wirkten starr, leer. Nur langsam kehrte ihr Lächeln zurück.

»Augenblick mal!« Mike Potter schreckte aus seinen Gedanken hoch. »Die beiden Zeugen – das Risiko war bekannt – nach fünfundzwanzig Jahren sterben beide innerhalb von vier Wochen. Die Rückzahlungsfrist läuft ab. Alles rein zufällig. Wirklich? Wie sagte sie nach der Urteilsverkündung? Endlich bin ich frei und reich.«

»Ich wusste es doch! Die Doktorsche und das Geld!«

»Kluges Kind, unsere Charlie. Und jetzt?« wollte Peter Ascher wissen.

»Wieso? Der Fall ist abgeschlossen, ich schreibe bereits die Rechnung.«

»Meinetwegen, Gaby. Aber für mich ist der Fall seit einigen Minuten wieder offen. Ich mag keine Halbheiten, das wisst ihr, schon gar nicht, wenn ich dabei missbraucht worden sein sollte. Ich will die Wahrheit. Wir machen weiter, ganz privat auf meine Kosten. Was hat uns schon der Katechismus gelehrt? Der Dulder ist ebenso verantwortlich wie der Schulder.«

»Ach nee! Du und christlich? Ein reizendes Geburtstagsgeschenk. Kaum hat sich dein Doktor Ascher an ein gemeinsames Frühstück danach gewöhnt, da verordnest du uns schon wieder Enthaltsamkeit.«

»Du kannst ihn in Nürnberg ja per Telefon wecken.«
»Und er knutscht den Hörer! Tolle Idee, Mike!«
»Ich werde wohl überhaupt nicht gefragt?« Peter Ascher tat entrüstet.
»O doch, Liebling, aber nicht hier in aller Öffentlichkeit. Das könnte bei deinem Temperament gegen die guten Sitten verstoßen. – Einverstanden, Mike, machen wir weiter.«
»Ich will nicht irgendeine Schweinerei decken und mir meinen guten Ruf verderben. Als Anwalt bin ich sehr sensibel.«
Alle lachten darüber, ohne zu ahnen, wie scheußlich, wie mörderisch die Suche nach der Wahrheit enden sollte.

Eine Stunde später bestellte Mike Potter drei Taxen, eine für sich und Mara Taiba, weil ihre Wohnung auf seinem Weg lag. Unterwegs fragte sie: »Was werden Sie jetzt tun?«
»Gründlich über alles nachdenken, vielleicht fällt mir was ein.«
»Dafür brauchen Sie aber einen klaren Kopf nach dem Alkohol. Ich werde Ihnen noch einen Zaubertrank mischen, das geht schnell, Sie können den Fahrer warten lassen. Keine Angst, ich liebe zwar weiße Männer, weil sie so komisch kompliziert und Farbigen gegenüber so aufregend unbeholfen sind, aber Sie, Chef, bedeuten für mich das Glück. Und Glück darf man nicht verführen oder zerbrechen.«
»Na gut. Ein Wundermittel aus Ihrer Heimat? Was ist es?«
»Mein Geheimnis, aber es funktioniert.«

Er wagte den Versuch. Das geheimnisvolle Getränk erwies sich als kakaoähnliche Flüssigkeit, die nach Pilzen roch, säuerlich schmeckte und tatsächlich wirkte. Bereits zu Hause fühlte er sich frisch und ohne eine Spur von Müdigkeit.

Grübelnd sah er aus dem Fenster und suchte die Antwort auf nur eine Frage: War Heide schuldig? Er hasste Indizien oder Vermutungen, Zufälle erst recht. Seine Beweise hatten das Gericht überzeugt, seine Schlussfolgerungen waren logisch gewesen. Aber doch nur unter der Voraussetzung, dass der Röder wirklich Selbstmord begangen hatte, dass Heide unschuldig war. Und dann kam eine Charlie Gruber und zog alles in Zweifel. Weibliche Intuition?

Auch er fragte sich jetzt, weshalb Heide ausgerechnet ihn, den fremden Anwalt aus Hannover, gewählt hatte. Weil sie einen neutralen Prozessvertreter suchte, klar. Das war er nur eine Woche lang gewesen, bis zu dem erfreulichen Zufall am See, den er selber herbeigeführt hatte. Oder war auch das kein Zufall mehr? »Mein Gott!«, fluchte er. »Kenne ich sie so gut, um das beurteilen zu können? Der Potter kriecht in dein Bett und schenkt dir einen Freispruch. Der große Bums und die Prozessordnung! Die Hexe und der Idiot! Wolltest du das?«

Er goss sich einen Calvados ein und leerte das Glas in einem Zug. Der Gedanke, aus einer Mörderin ein unschuldiges Opfer der Justiz gemacht zu haben, erschreckte ihn. Hatte er eine Hure zur Heiligen gekürt? War er so blind, so dämlich gewesen? Ja, Mike, tadelte er sich selbst; auch, was den Tod der beiden Zeugen betrifft. Wieder nur Zufälle.

Wer konnte von dem Tod des Nachbarn Hagen profitieren? Nur die Person, die zur Todeszeit im Haus oder im Arbeitszimmer war. Und woher wusste die Frau überhaupt, dass jemand sie beobachtet hatte? Von mir! Ich habe es Heide wenige Wochen vor dem Tod des Hagen erzählt.
Er brauchte noch einen Schnaps, auch wenn dadurch Maras Zaubertrank seine Wirkung verlor. Mara – die Zauberin. Heide – die Hexe. Fehlten nur noch Kobolde und Gnome, Parzival und der Gral. Was sollte er tun?
Michael Potter schlief sehr unruhig in dieser Nacht. Die schwarze Gazelle Mara tauchte auf und vollführte einen Schleiertanz. Mit einem Zauberstab berührte sie ihre Lippen und langsam verwandelte sich ihr Gesicht in das von Heidemarie Röder, Maras Köper blieb. Der schwarzweiße Zwitter tanzte weiter. Die Schleier teilten sich. Charlie Gruber und Gaby Hoffmann tauchten auf. Das Läuten des Weckers beendete das Spektakel.

Müller Zwo übernahm den Fall Peterssen, Gaby Hoffmann untersuchte den Tod des Wolff Hagen. Das Unfallprotokoll half ihr nicht weiter. Der Mann war kurz nach 22 Uhr auf seinem üblichen Abendspaziergang angefahren worden. Typische Beinverletzungen von einem Aufprall und Genickbruch. Keine Zeugen, keine Beweise, auch das Fahrzeug war nicht gefunden worden.
Ein Wagen mit besonders stabilem Stoßfänger, der nicht gleich einbeult, dachte sie. Ein Volvo oder so. Ihr einziger Anhaltspunkt war Heidemarie Röder. Die kannte dank Mike die Gewohnheit des Wolff Hagen. Sie brauchte nur abends auf ihn zu warten. Ihren Alfa Romeo würde sie kaum benutzt haben; es gab ja Mietwagen.

Beim vierten Autoverleiher hatte sie Glück. Einen Tag vor dem Unfall war ein Volvo von einer Heidemarie Röder aus Gräfenberg gemietet und drei Tage später frisch gewaschen wieder abgeliefert worden. Daran konnte der Lehrling sich noch genau erinnern, denn es kam selten vor, dass Wagen gesäubert zurückgegeben wurden. Ein Beweis war das nicht, nur ein Verdacht, der sich bestätigt hatte. Eine eiskalte Mörderin, um eine vage Aussage zu verhindern? Unfassbar! Das musste sie dem armen Mike sehr schonend beibringen.

Müller Zwo sah das realistischer. Menschen hatten aus viel geringeren Anlässen getötet, aber wie konnte man einen Mord durch Herzversagen begehen? Zwei Hinweise in den Unterlagen der Polizei machten ihn stutzig. Der Mann hatte nur von einer kleinen Rente gelebt, aber einen Tag vor seinem Tod zehntausend Mark auf sein Sparkonto eingezahlt, die größte Summe überhaupt. Und eine Hausbewohnerin wollte an dem Abend, als er starb, eine Frau vor seiner Tür bemerkt haben. Gesehen hatte sie nur den langen Rock, zwei schlanke Beine und derbe Schuhe. Aber drei Tage vorher hatte sie beobachtet, wie so eine Frau mit solchen Beinen in solchen Schuhen ihn besucht hatte. Ausgerechnet den Peterssen, der nur einen Schachfreund kannte.

Am Abend sprach er mit dieser aufmerksamen Nachbarin, überzeugt, nur Treppenhausklatsch zu hören. Solche Dinge jedoch interessierten Evelyn Suhr überhaupt nicht. Die korpulente Person lebte mit ihrer vierzehnjährigen Tochter sehr zurückgezogen und war froh, wenn die Leute sie in Ruhe ließen. Den Vater ihres Kindes kannte sie nicht, mit sechzehn hatte sie zu viele Freunde gehabt. Heute sah sie wie vierzig aus, arbeitete vormittags ehrbar als Putzfrau und zog abends als Kneipenjule durch die Lokale, um zahlungswillige Kavaliere zu entdecken, denen ihr Körper als Knautschzone gefiel.

Das alles erfuhr er nebenbei. Die ominöse Besucherin hatte sie leider nur für Augenblicke von hinten gesehen.

»Vielleicht wars seine Freundin.«

»Soll das 'n Witz sein? Der arme Alte war ein Niemand, einsam und allein, die Leute hier haben kaum bemerkt, dass er tot ist. 'ne Freundin? Nee!« Sie lachte und ihre vielen Rundungen lachten mit. »Der konnte nicht mehr, dem genügte es, mal nacktes Fleisch zu sehen und 'n bisschen mit meinen Titten zu spielen, das is nun vorbei. Die Neuen haben seine Sachen in den Keller gebracht, bis jemand die abholt.«

Nach dieser ersten brauchbaren Auskunft verabschiedete er sich, lehnte ihre freundliche Einladung zu einer gemütlichen Besichtigungstour mit Erfolgsgarantie dankend ab, schlich in den Keller, fand im Schein der Taschenlampe den Drahtverschlag von Peter Peterssen und öffnete innerhalb von Sekunden das billige Vorhängeschloss. Nach einer halben Stunde hielt er das Fotoalbum aus den Jahren 1972 bis 1976 in der Hand. Vielleicht würde er darin die Erklärung für Peterssens Tod finden.

In einer schmutzigen Reisetasche entdeckte er eine Dose mit Tabletten gegen Herzbeschwerden. Er verstand nichts davon, aber weil der Tote herzkrank gewesen war, nahm er sie vorsorglich mit.

Ungesehen verließ er das Haus und besorgte sich unterwegs einige Flaschen Bier und ein Brathähnchen. Auf einen langen Abend in seinem Pensionszimmer war er bestens vorbereitet. Den größten Teil der Fotos kannte er bereits, nicht jedoch die Bilder von Elise Tal im Badeanzug, die der Peterssen offensichtlich heimlich gemacht hatte. Sie waren leicht unscharf, genau wie die Urlaubsaufnahmen aus Wien vom Januar 1974. Vor einem Haus Nummer 26 stand eine hochschwangere Frau und sah zu einem der Fenster empor. Mit der Lupe verglich er die Fotos und stieß einen Pfiff aus. Das musste Elise Tal sein! Die Geliebte von Albert Röder, schwanger in Wien!

Er öffnete eine neue Flasche Bier und studierte immer wieder die Aufnahmen, bis es keinen Zweifel mehr gab: Die Frau auf den Fotos war Elise Tal. Und Peterssen? Hatte den Eintragungen im Album zufolge in dem Wiener Arbeiterviertel einen Kriegskameraden besucht und war zufällig der Tal begegnet. Jetzt war ihm alles klar.

Im ersten Prozess hatte er geschwiegen, der zweite Prozess stand bevor und Elise Tal musste befürchten, er würde jetzt doch reden. Also hatte sie ihm Geld gegeben, er hatte mehr verlangt und die Geliebte und Mutter war zur Mörderin geworden, um die Existenz ihres Kindes weiterhin geheim zu halten. Ein Glücksfall für Müller Zwo, der in finanziellen Dingen immer sehr praktisch dachte. Vorsichtig trennte der den Stadtplanausschnitt von Wien aus dem Album heraus. Dieser Spur musste er folgen, um das Kind zu finden.

Seinem Bericht für die Detektei fügte er die Tabletten bei, erwähnte aber weder die Schwangerschaft von Elise noch das Fotoalbum. Dieses kleine Geheimnis und seinen Traum vom großen Geld wollte er sich bewahren.

Nachmittags erreichte er mit dem Auto Wien. Den Stadtteil und die Straße mit dem Haus Nummer 26 fand er rasch. Hier hatte sich wenig verändert. Die Hauseigentümerin lebte noch. Sie war schon lange verwitwet und schwärmte von der guten alten Zeit mit ihrem Seligen, in der noch Recht und Ordnung, Anstand und Sitte geherrscht hätten, ohne die vielen Gammler und nackerten Weibsbilder. Natürlich, Ausnahmen habe es früher auch gegeben – wie jene junge Frau, allein und schwanger. Aus Angst vor ihrer Familie habe sie hier ihr Kind zur Welt gebracht und so nett sei sie gewesen, das arme Ding.

»Alles ohne Arzt und Hebamme. Ich hab sie bewundert, der Karli, mein Seliger, auch. In der Mansarde durfte sie wohnen, weil wir Mitleid hatten mit ihr.«

»Wissen Sie zufällig noch ihren Namen?«

»Zufällig? Junger Mann!« Es klang sehr entrüstet. »Bei mir hat immer alles seine Ordnung wie es sein muss, noch heute, wo wären wir denn sonst! Ich führe schon wegen der Gendarmerie ein Hausbuch, warten Sie.«

Aus einer Kommode holte sie einen Ordner und blätterte darin. »Gleich hab ichs. Anfang vierundsiebzig, sagten Sie? Hier. Eingezogen im Oktober dreiundsiebzig und am vierzehnten März wieder ausgezogen, hieß Elise Tal, die Tochter war ein süßer Fratz.«

Also doch die Tal! Was aber war nach dem 14. März geschehen? Diese Frage beschäftigte ihn während der ganzen Rückfahrt. Für die streng katholische Frau, die ihre Tochter verheimlichen wollte, konnte es nur eine Möglichkeit gegeben haben: katholische Nonnen, ein Waisenheim oder ein Kloster. Aber wo?

Er sah nur eine Chance, das Kind zu finden – in Nürnberg oder in der unmittelbaren Umgebung. Dort waren Elise Tal die örtlichen Verhältnisse vertraut, nur dort konnte sie ihre Tochter unauffällig beobachten und sich anonym um sie kümmern.
Dank seiner Beharrlichkeit blieb Müller Zwo das Glück treu. Auch der Leiterin des katholischen Mädchenhospizes in Nürnberg erzählte er das Märchen von den Erben eines ehemaligen amerikanischen Besatzungssoldaten, die ihre vermutlich ausgesetzte Schwester suchten. Die feine alte Dame in der strengen Ordenstracht war sehr gerührt und entsprechend hilfsbereit. Nach längerem Suchen kehrte sie freudestrahlend mit einem verstaubten Aktenhefter zurück.
»Wir hatten hier ein Mädchen, auf das Ihre Angaben zutreffen könnten. Es wurde Anfang vierundsiebzig geboren und am vierzehnten März abends vor unserer Tür aufgefunden. Das Kind oder die Mutter könnten aus Wien stammen. In der Wollmütze der Kleinen befand sich das Etikett eines Geschäftes in Wien, aber über die Herkunft haben wir leider nichts erfahren. Sie erhielt den Namen Maud Konrad.«
»Wissen Sie zufällig auch, was aus ihr geworden ist?«
»Ja. Nach Abschluss einer Lehre hat sie uns vierundneunzig verlassen und in der Stadt eine Drogerie übernommen. Sie besucht uns manchmal noch.«

Er konnte es kaum fassen. Diese Maud Konrad musste die Tochter von Elise Tal sein, die Tatsachen passten prächtig zusammen. Überschwänglich bedankte er sich mit einer großzügigen Spende für das Heim, der Rest war einfach.

Am nächsten Tag stand er vor ihr. Heidemarie Röder dagegen war vom Ergebnis ihrer Nachforschungen bitter enttäuscht. Mit Potters Hilfe hatte sie zwar endlich die Gelegenheit bekommen, die Nachlassunterlagen ihrer Mutter bei dem Testamentsvollstrecker einzusehen, aber keine Hinweise über den Verbleib der vierhunderttausend Mark aus der Lebensversicherung und der Gelder aus dem Verkauf der Firma Röder gefunden. Es gab keinen Kaufvertrag, keine Zahlungsbelege, keine Hinweise auf Prozesse oder Abfindungen. Die betrogenen Mandanten hatten ihre Gelder also tatsächlich zurückerhalten.
Das Guthaben auf dem gesperrten Bankkonto betrug nur noch 30.506,48 D-Mark – in ihren Augen ein schäbiger Rest. Gewonnen hatte nur eine – Elise Tal. Ihr, der Tochter, blieb nur das ruinierte Ansehen eines Albert Röder und ein Grundstück, für das sich höchstens noch die Kirche interessierte. Mit viel Glück würde der Erlös gerade mal die Belastungen abdecken.
Sie stand mit leeren Händen da und weinte fast vor Wut. Sollte alles vergeblich gewesen sein? Die Mühen, die Angst, der Prozess?
Nein, nicht alles. Einen Preis hatte sie gewonnen: MP! Dich, Mike, will ich behalten. Du wirst für mich auch das Testament anfechten. Neuer Prozess, neues Wiedersehen, unsere letzte Chance. Ich werde sie nutzen, das schwör ich dir!
Michael Potter machte es ihr leicht, nahm den neuen Auftrag und die Einladung zum Wochenende an und redete sich ein, dadurch seine eigenen Nachforschungen besser fortsetzen zu können. Beide hatten erreicht, was sie wollten. Heidemarie aber ging noch einen Schritt weiter. Eine

Frau Doktor der Pharmazie kannte schließlich gewisse Mittel, um Leistungen zu steigern und anschließend wohlverdiente Ruhe und Erholung zu finden.

Auch Müller Zwo bekam kein schlechtes Gewissen. Seine Zukunft hieß Maud, war groß und schlank mit schmalen, gepflegten Händen und dunklem Haar und einem leider etwas derben, faden Gesicht. Ihre altmodische Kleidung wirkte auf ihn wie ein Verbotsschild. Nur die vollen, weichen Lippen versprachen Sinnlichkeit. Ungeniert betrachtete er sein Opfer. Aufgrund der strengen klösterlichen Erziehung traute er ihr keine Erfahrungen mit Männern zu, hielt sie vielmehr für einen sexuellen Sozialfall, der sehnsüchtig darauf wartete, endlich erlöst zu werden. Von ihm natürlich, behutsam und mit sehr viel Geduld. Er war überzeugt, auf eine jungfräuliche Goldader gestoßen zu sein. Hier zu schürfen versprach Gewinn.
Er startete seine »Operation Maud«, indem er ihre Drogerie zu seinem Einkaufszentrum erklärte und sie so oft wie möglich aufsuchte. Gabriela Hoffmann unterstützte ihn ungewollt mit dem Auftrag, Heidemarie Röder an all jenen Tagen zu überwachen, an denen der Rechtsanwalt Potter in Gräfenberg oder in Nürnberg weilte. Dieser Frau traute sie nicht mehr über den Weg, oder besser gesagt: Alles traute sie ihr zu und wollte Mike Potter beschützen.

»Es sieht nicht gut aus für deine liebe Heidemarie. Tut mit Leid, Mike.«
»Was heißt hier liebe Heidemarie?«
»Tu nicht so unschuldig. Der alten Gaby brauchst du kein Theater vorzuspielen, die hat euch rein zufällig in deinem

Urlaub am See gesehen. Nur Peter und ich wissen davon. Es ist zwar deine Privatsache, aber ich muss es dir jetzt sagen, denn ich glaube, du brauchst unsere Hilfe.«
»Ist es so schlimm?«
»Schlimmer. Ich fürchte, sie hat uns alle reingelegt. Auch ohne einwandfreie Beweise spricht alles dafür, dass die Frau Doktor die beiden Zeugen beseitigt hat. Der Hagen zum Beispiel ...«
Fünf Minuten lang hörte er ihr schweigend zu. Seine Miene wurde finster; ärgerlich zerquetschte er den Rest der Zigarette im Aschenbecher.
»Um den Hagen tut es mir besonders Leid, weil ich Blödmann ihr auch noch davon erzählt habe und seine Beobachtung im Grunde völlig ungefährlich für sie war. Er sah nur einen blauen Volkswagen, mehr nicht. Meine hübsche Theorie von einer Besucherin ...«
»... war ihr zu unsicher. Der Fall Peterssen liegt anders. Müller Zwo ist überzeugt, der Buchhalter wusste noch viel mehr, als er zugegeben hat. Das wird auch Frau Doktor gewusst oder geahnt haben. Sie sucht ihn auf, bietet ihm Geld an – die Zehntausend auf dem Sparbuch –, er verlangt mehr oder sie wird misstrauisch. Das hier dürfte ihr Nikolausgeschenk gewesen sein.« Sie legte eine kleine Dose auf den Tisch.
Er öffnete sie. »Ja, und? Harmlose Magentabletten, kenn ich. Daran ist noch keiner gestorben.«
»O doch, Mike, vergleich sie mal damit.« Einer Schachtel entnahm sie zwei Tabletten und hielt sie ihm auf der Handfläche entgegen. »Eine ist gegen Magenschmerzen, die andere gegen Herzbeschwerden. Kannst du die richtige erkennen? Die falsche ist die Todespille.«

Er untersuchte die Tabletten, konnte aber außer einem Warenzeichen und der helleren Farbe keine Unterschiede entdecken.

»Das ist das Fatale daran. Zwei Medikamente, äußerlich fast gleich, aber mit verschiedener Wirkung. Ich habe sie untersuchen lassen. Ein Herzkranker, der die vertauscht, stirbt unweigerlich an Herzversagen.«

»Also Mord! Die Frau kennt seine Pillen und tauscht sie einfach aus.«

»Ja, Mike, so einfach und so teuflisch und nicht zu beweisen, weil die Polizei es versäumt hat, sämtliche Fingerabdrücke sicherzustellen. Aber wer hat da schon an einen perfekten Mord gedacht? Das kann nur ein Fachmann erkannt und getan haben.«

»Großer Gott!« Er schüttelte sich. »Ist es überhaupt zulässig, so unterschiedliche Medikamente von gleichem Aussehen zu verkaufen? Jeder kann die verwechseln. Das müsste doch verboten sein.«

»Deshalb wurden die Magentabletten auch schon nach wenigen Tagen wieder eingezogen. Kein Apotheker wird die mehr verkauft haben.«

»Apotheker! – Du hast Recht, nur Fachleute können das wissen. Und was ist Heidemarie Röder? Pharmazeutin! O Gott, Heide!« Er ballte seine Hände zu Fäusten und ging auf und ab. »Kein Zweifel, auf diese perfide Weise wird sie den Peterssen umgebracht haben. Aber woher kannte sie seine Tabletten und wie bist du nun wieder darauf gekommen?«

Gaby Hoffmann lachte. »Glück braucht der Detektiv. Müller Zwo hat sie bei den Sachen des Buchhalters gefunden. Frag mich nicht, wie, das will ich lieber nicht wissen.

Er war jedoch klug genug, sie mitzunehmen. Ihm verdanken wir diesen Fund.«

Neuer Hexenzauber

Mit sehr zwiespältigen Gefühlen fuhr Michael Potter am nächsten Wochenende nach Gräfenberg, um die Anfechtung des Testamentes von Albert Röder zu besprechen und Unterlagen über die Nachlassabwicklung zu erhalten.

»Ich kann mir nicht vorstellen, dass deine Mutter alle Belege vernichtet hat. Als Vorerbin war sie der Kirche rechenschaftspflichtig. Wahrscheinlich ist die Befriedigung der Gläubiger über das Nachlassgericht gelaufen. Ich werde mich darum kümmern und möglichst bald die Akten beim Amtsgericht einsehen, erwarte aber nicht zu viel. Dein Vater war pleite, das letzte Geld steckt in dem Grundstück der Tal. Ob man mit der Kirche noch einen guten Preis für dein Elternhaus vereinbaren kann, ist fraglich.«

Heidemarie war enttäuscht von ihrem MP. Über alles hatte er geredet, nur nicht von einer gemeinsamen Zukunft. Statt ihren Umzug nach Hannover zu organisieren, plante er anstrengende Fahrten nach Nürnberg. Noch immer zog er das Wochenendverhältnis einem täglichen Zusammenleben vor. Das konnte nicht länger funk-

tionieren, ihr Haus eignete sich nicht als Stundenhotel für übermüdete Autofahrer. Er musste endlich einsehen, dass ihr Platz an seiner Seite in Isernhagen war.
Sorgfältig bereitete sie eine Schinkenplatte und Salate vor. Der Schmorbraten würde ihm morgen vor der Heimfahrt viel besser munden. Auch die Soße sollte gut gewürzt sein, so liebte er es.
Nach dem Essen erklärte sie ihm kategorisch, sich den Abend nicht durch Juristerei verderben zu lassen. »Es gibt viel Schöneres, du könntest mich zum Beispiel in den Arm nehmen und zärtlich streicheln. Du weißt, wie sehr ich dich und deine Liebe brauche. Du ahnst gar nicht, wie groß und stark du bei mir sein kannst.«
Das wusste er tatsächlich nicht, wunderte sich nur, zu welchen Höchstleistungen er noch fähig war, wenn eine Frau wie sie ihn tatkräftig unterstützte. Dass die Eiswürfel im Whisky ein potenzsteigerndes Mittel enthalten hatten, konnte er nicht ahnen. Mit dem Abschiedskuss jedoch verlor sie wieder die Macht über ihn. Mike Potter blieb die Erinnerung an eine Nacht der tausend Wunder – und an einen Alptraum, für den er ebenfalls keine Erklärung fand.

Die Rückfahrt war anstrengend, es regnete ununterbrochen, jedes Überholmanöver wurde zu einem Blindflug. Er hatte Magenschmerzen und schrecklichen Durst. Seine Lippen, seine Kehle waren wie ausgedörrt. Beim Anblick des Ortsschildes *Isernhagen Hohenhorster Bauernschaft* atmete er erleichtert durch. Geschafft!
Ruhe fand er nicht in dieser Nacht. Wieder saß er im Auto, überholte und – kollidierte mit einem Lastwagen, der

Schaufensterpuppen geladen hatte. Sie rollten über die Fahrbahn. Überall unbekleidete Glieder, Rümpfe, kahle Köpfe, Haare flatterten vor seiner Scheibe, gesichtslose Wesen tanzten, warfen Dessous in seinen Wagen, Büstenhalter verfingen sich im Lenkrad und bildeten ein Spinnennetz mit dem Gesicht von Heide Röder.
Schweißgebadet kroch er aus dem Bett, trocknete sich ab, wechselte den Schlafanzug und schlief wieder ein. Das Gesicht kehrte zurück und redete und redete. Er verstand kein Wort. Ein alter Mann tauchte daneben auf und streute Tabletten auf den Boden. Heides Augen funkelten bösartig. Aber dann verschwand das Gesicht und vor ihm stand Mara Taiba. Unendlich lange Finger mit blutrot lackierten Nägeln reichten ihm ein Glas mit einer trüben Flüssigkeit: »Trink das, Häuptling, und du wirst haben die Jungfrau im Paradies.« Buschtrommeln verkündeten den Höhepunkt. Er sprang auf.
Niemand war da, nur der Regen prasselte gegen die Fensterscheiben – gleichmäßig, drohend, rhythmisch. Er hatte Kopfschmerzen, Magensäure stieg hoch.
Im Badezimmer übergab er sich und betrachtete sein Spiegelbild. War er auch schon ein Opfer des Jennifer-Syndroms geworden, der neuen Sehnsucht des alten Mannes nach der jungen Frau? Nach den Jennifers einer Barbara Gordon, die auf der Suche nach dem geduldigen, erfahrenen Sex älterer Männer gleich Generationen übersprangen? Brauchte er so eine amerikanische Jennifer, um seinen männlichen Akku aufzuladen? Nein! Er nicht. Früher hatte er nie erotische Träume gehabt. Was war los mit ihm? Zu viel Alkohol getrunken, glaubte er, ging in die Küche und mischte sich sein todsicheres Mittel gegen

einen vermeintlichen Kater: seine Bloody Mary aus 4 cl Wodka, 1 cl Zitronensaft, etwas Tabasco nebst Salz und Pfeffer nach Belieben, aufgefüllt mit Tomatensaft. Den Rest der Nacht schlief er ruhig.

Heide Röder glaubte an die wundersame Wirkung ihrer Tropfen und Pulver. Als Mike Potter drei Tage später seinen Besuch schon für Freitagmittag ankündigte, war ihr Glück vollkommen.

Er parkte den Wagen vor dem Haus, seine Reisetasche und den Aktenkoffer ließ er im Flur stehen. Es roch nach frischem Kaffee und einem deftigen fränkischen Eintopfgericht.

»Heute Nachmittag ist der Termin beim Nachlassgericht. Keine Ahnung, wie lange das dauern wird.«

»Das spielt keine Rolle. Zum Abendessen gibt es Elsässer Zwiebelkuchen, natürlich ohne Federweißen, ist ja noch nicht Herbst. Für Sonntag dachte ich an gebratene Forellen, frisch, nicht tiefgefroren.« Sie kannte seine Lieblingsgerichte und wollte ihn auch damit verwöhnen.

»Klingt toll. Und was hast du für morgen geplant?«

»Bei gutem Wetter einen Ausflug mit Picknick im Grünen.«

»Sehr schön.«

Aus dem Aktenkoffer holte er eine dünne Mappe und fuhr nach Nürnberg zum Amtsgericht, Nachlassabteilung. Überraschende Neuigkeiten konnte ihm der Rechtspfleger nicht bieten, Peter Ascher hatte bereits hervorragend recherchiert. Albert Röders Schulden waren von der Ehefrau und dem Testamentsvollstrecker gemeinsam abgewickelt worden. Jetzt wartete nur noch die Kirche als

Nacherbin auf das Grundstück und die restlichen 30.500 D-Mark – traurige Bilanz der Familie Röder.
Anschließend traf er sich mit Kommissar Bertholdt vom Morddezernat, um weitere Einzelheiten über den Tod des Buchhalters Peterssen zu erfahren. Erst hier bemerkte er, dass er statt der Unterlagen nur ein Notizheft mitgenommen hatte – ein dummer und folgenschwerer Fehler, weil Heidemarie Röder sich heute nicht wie eine vorbildliche Gastgeberin verhielt, sondern neugierig und misstrauisch seinen Aktenkoffer durchsuchte.
Was sie fand, genügte, um eine menschliche Katastrophe auszulösen. Die Wahrheit zerstörte ihr Glück. Jetzt wusste sie, weshalb ihr MP sich so merkwürdig verhielt. Die schmale Akte mit der Aufschrift »Hagen/Peterssen« brannte wie Feuer in ihren Händen.

Der Sonnabend begann mit strahlendem Sonnenschein, ideale Voraussetzung für einen Ausflug in die wildromantische Altachschlucht. Während er sich rasierte, bereitete sie das Frühstück vor und packte die Rucksäcke. Entgegen ihrer sonstigen Gewohnheit trank sie an diesem Morgen Tee. Sein Kaffee war zu stark geraten, den leicht bitteren Geschmack neutralisierte er mit Milch und Zucker.
»Tut mir Leid, ich wollte eine andere Sorte ausprobieren, wohl zu scharf gebrannt. Ich mach dir neuen. Du kannst den Weg schon mal auf der Wanderkarte studieren.«
Sie hatte die Route zum Dreieckfelsen mit der grandiosen Aussicht vorgeschlagen. In der Nähe befanden sich prähistorische Höhlen, in denen mit etwas Glück noch immer versteinerte Fossilien zu finden waren. Den Wagen

ließen sie auf einem Waldparkplatz stehen und folgten dem Wanderweg am Fuße der Schlucht. Neben ihnen schoss die Altach gurgelnd und brausend zwischen Geröll und Felswänden hindurch – ein faszinierendes Schauspiel. Sprühregen schlug ihnen ins Gesicht.
Nach zwei Stunden endete der Pfad abrupt am Dreieckfelsen, der wie ein Keil in den Fluss ragte und das Wildwasser in eine enge, tiefe Rinne zwängte. Der beschwerliche Aufstieg dauerte dreißig Minuten. Leicht erschöpft und verschwitzt erreichten sie den Bergrücken. Der Platz, die Aussicht und der Blick in die Schlucht hatten die Mühe gelohnt. Mischwald spendete wohltuend Schatten.
Er legte den Rucksack ab, trat an den Rand des Felsens und sah tief unter sich die Wasser tosen und wirbeln. Plötzlich verschwamm das Bild vor seinen Augen. Er blickte hoch, alles war wieder klar – der Himmel, die Wolken, die Wipfel der Bäume. Doch als er den Kopf erneut senkte, tanzten bunte Streifen vor ihm, Lichtbänder wichen hin und her.
Vor Schreck riss er die Augen weit auf, taumelte zurück und umklammerte mit einem Arm den Stamm einer jungen Buche. Vor ihm stand Heide mit ausgestreckten Händen. Ihr oft so spöttischer Blick war starr und leblos, aber sie hatte schon zugegriffen und hielt ihn an seiner Jacke fest.
»Mike! Mein Gott, Mike!«, schrie sie. »Was ist los mit dir? Wach auf! Ist dir schlecht? Fast wärst du abgestürzt.«
»Nein, nein«, winkte er ab. »Geht schon wieder. Ich hatte nur so ein Schwindelgefühl und merkwürdige Sehstörungen.« Er legte sich auf den Boden und schloss die Augen.

Besorgt prüfte sie den Puls, horchte auf seinen Herzschlag. Aus ihrem Rucksack holte sie belegte Brote und die Thermoskanne. »Du brauchst was in den Magen und einen Schluck Kaffee. Der ist nicht so bitter. Hier.«
Danach ging es ihm besser. Die Brotzeit wirkte Wunder, sogar die Zigarette schmeckte, die er gegen ihren Protest rauchte. »Unkraut vergeht nicht«, flachste er. »Wenn du mich nicht gehalten hättest...«
»... wäre ich jetzt Witwe noch vor der Hochzeit.« Sie streichelte sein Gesicht. »Der Aufstieg war für einen älteren Schreibtischhocker eben doch zu viel. Du ruhst dich jetzt aus. Ich werd mich mal in den Höhlen nach verborgenen Schätzen umsehen. Kann ich dich allein lassen?«
»Aber klar.«
»Dann denk nicht mehr daran.«
Natürlich tat er das doch und wusste, dass er den Sturz nicht lebend überstanden hätte. Er verstand es nicht. Schon einmal waren diese Sehstörungen aufgetreten: während der Rückfahrt nach Hannover. Wahrscheinlich Überanstrengung, Stress, wie das Modewort hieß. Die Kanzlei, die Wochenendfahrten, die Stunden mit Heide – er war eben nicht mehr der Jüngste.
Nach einer Weile erhob er sich, nahm seine Kamera und ging vorsichtig erneut bis an den Rand des Felsens. Sein Blick in die Tiefe blieb ungetrübt, es traten auch keine Gleichgewichtsstörungen auf. Beruhigt kehrte er an seinen Platz zurück und packte die übrigen Vorräte aus. Richtigen Hunger hatte er jetzt.

Als Mike Potter am nächsten Morgen erwachte, schien sein Kopf ein Brummkreisel zu sein, während Heide

munter die glückliche Hausfrau spielte und die Forellen zubereitete.
Er unternahm einen langen Spaziergang. Die letzten Ereignisse ließen ihm keine Ruhe. Wer war diese Frau wirklich? Eine eiskalte Mörderin, die leidenschaftlich liebte? Ihre nächtlichen Gefühlsausbrüche waren echt gewesen, nicht vorgetäuscht. Hatte er sie doch grundlos verdächtigt? War auch Gaby Hoffmann nur voreingenommen gewesen, hatten sie eine neue Hexenverfolgung begonnen? Vor der Rückfahrt bat er noch um einen starken Kaffee.
»Den bekommst du. Und außerdem etwas, das viel besser hilft. Nennt sich Wachfit und wird bei der Polizei verwendet, wenn die Leute im Einsatz unbedingt munter bleiben müssen. Es wirkt sehr schnell.«
Sie hatte Recht. Schon nach einer Viertelstunde fühlte er sich frisch und ausgeruht und trat das Gaspedal bis zum Anschlag durch.
Doch offensichtlich war sie zu sparsam gewesen, denn schon eine Stunde später ließ die Wirkung nach. Nicht nur das, er fühlte sich schlechter als zuvor und hatte Schwierigkeiten, sich auf die Fahrbahn zu konzentrieren. Weiße Markierungen liefen zickzack, Hinweisschilder tanzten wie Luftballons.
Wenn er die Tankanzeige richtig gedeutet hatte, war sein Sprit fast verbraucht. Mit mäßiger Geschwindigkeit schaffte er es bis zur nächsten Tankstelle. Als er ausstieg und die typische Geruchsmischung aus Benzin, Diesel, Öl und Abgasen einatmete, glaubte er, ersticken zu müssen. Er übergab sich in einen Abfalleimer. Eine freundliche Autofahrerin brachte ihn in den Waschraum, hielt seinen

Kopf kurzerhand unter den Wasserhahn und schleppte ihn schließlich nach draußen auf eine Bank.
»Geben Sie mir Geld und Ihren Autoschlüssel, dann erledige ich das mit dem Tanken und fahr Ihre Karre auf den Parkplatz da hinten.«
In seiner Brieftasche fand er einen Hunderter, drückte ihn ihr in die Hand und murmelte ein »Danke, der Schlüssel steckt«. So etwas war ihm noch nie passiert. Zehn Minuten später kam sie zurück, reichte ihm den Schlüssel und den Rest des Geldes. Ungläubig sah er sie an. Das Mädchen war höchstens achtzehn und wie ein Hippie gekleidet.
»Sie waren reizend, vielen Dank. Ich würde Sie ja gern zum Essen einladen, aber das geht jetzt nicht. Holen Sies mit Ihrem Freund nach. Behalten Sie den Rest und das dazu.« Er legte noch fünfzig Mark in ihre kleine Hand.
Sie war gerührt. »Da sag einer noch, die Alten wärn Spießer. Machs gut, Opa. Nächstes Mal hilfste mir, klar?« Sie tänzelte davon und verschwand in ihrer poppig angemalten Ente.
Langsam ging er zu seinem Wagen, griff mit zitternden Händen nach der Calvadosflasche im Handschuhfach und nahm einen kräftigen Schluck. Er wusste genau, wie sein Magen jetzt darauf reagieren würde. Hinter einem Busch schlug er sich mit der flachen Hand auf den Bauch und gab den ganzen Rest von sich. Erst jetzt fühlte er sich wirklich befreit, stellte den Fahrersitz in Liegeposition und schlief sofort ein.
Im Traum saß er an einem Bach und zählte die toten Forellen, die vorbeitrieben und sich in einer riesigen Bratpfanne sammelten. Das spritzende Fett weckte ihn. Dabei

war es nur der Regen, der durch das offene Fenster kam. »Scheiß saurer Regen!«, fluchte er und genoss die erste Zigarette seit Stunden. Endlich kannte er den Grund seiner Übelkeit: Fischvergiftung dank frischer Forellen aus verseuchten Gewässern.

»Entschuldigen Sie, wenn ich Sie hier so einfach anspreche, aber ich weiß keine bessere Gelegenheit. Ich möchte Sie nämlich gern auch privat treffen, nicht nur hier für ein paar Minuten.«

Mit diesen Worten stürzte Müller Zwo die harmlose Maud Konrad in heillose Verwirrung. An den neuen Kunden mit den neugierigen Augen und dem freundlichen Lächeln hatte sie sich bereits gewöhnt, sich sogar amüsiert, weil er meist nur zwei oder drei Dinge kaufte. Die flotte Senta, ihre Angestellte, hatte sie als Ursache vermutet; aber dass sein Interesse ihr selber galt, verunsicherte sie. Zum Glück waren keine anderen Kunden da.

»Würden Sie eine Einladung zum Abendessen annehmen? Oder halten Sie das für unverschämt? Dann verzeihen Sie mir.«

Für unverschämt hielt sie das nicht, nur für ungewöhnlich – für sehr ungewöhnlich sogar. Das war ihr noch nie passiert. Fast fühlte sie sich geschmeichelt. Und neugierig war sie auch, aber so einfach zusagen konnte sie nicht. Das würde ja so aussehen, als hätte sie darauf gewartet.

»Eine etwas merkwürdige Situation. Finden Sie nicht auch?«

»Sie haben Recht, aber wie soll ich Sie sonst näher kennen lernen? Passt es Ihnen heute Abend?«

»Nein«, sagte sie spontan, setzte aber rasch noch ein hof-

fendes »Leider« hinzu und ärgerte sich über ihr dummes Verhalten. Statt einfach ja zu sagen, würde sie doch nur wieder allein in ihrer Wohnung sitzen.
»Und morgen?«
»Morgen? – Meinetwegen, wenn Sie wirklich Wert darauf legen.«
»O ja. Sagen wir zwanzig Uhr vor der *Glocke?*«
»Ja, gut.«
Er war zufrieden. Das größte Hindernis hatte er überwunden, alles andere würde sich von selbst ergeben, bei viel Geduld und Charme. Ein kleiner Blumenstrauß, zaghafte Komplimente, scheue Berührung – Müller Zwo war die Zurückhaltung in Person. Und genau damit erreichte er sein Ziel.
Maud Konrad, das arme Findelkind, aufgewachsen in der Tradition klösterlicher Lehren und Formen, sehnte sich nach Liebe, Geborgenheit und Anerkennung um ihrer selbst willen, nicht als Gegenstand körperlicher Gelüste. Diese leidvolle Erfahrung lag hinter ihr. Man hatte ihr Sitte, Moral und Keuschheit gepredigt und sie über die Gefahren der schmutzigen Welt außerhalb der schützenden Klostermauern aufgeklärt. Auch über die hässlichen Absichten der Männer. Eine fromme Schwester hatte sich hingebungsvoll gerade dieser Aufgabe gewidmet. Das nächtliche Hallelujah und ihr jungfräulicher Orgasmus waren alles andere als das Werk des Heiligen Geistes gewesen.
Seit dieser Zeit kannte die junge Maud ihren Körper und seine aufregenden Reaktionen sehr genau. Die Ungeduld ihres ersten Freundes und den körperlichen Schmerz hatte sie wie eine Vergewaltigung empfunden. Die weni-

gen Bekanntschaften danach waren ähnlich verlaufen. Mangels anderer Reize hatten alle nur sexuelle Befriedigung gesucht, schnell und rücksichtslos, weiter nichts. Diesmal aber schien es ganz anders zu sein. Jens Müller hatte trotz vieler Gelegenheiten noch nicht einmal versucht, sie zu küssen. Wie in einem Glaskasten kam sie sich vor. Er bewunderte ihre Figur, fand ihre schlanken Beine in den neuen kurzen Röcken aufregend, berühren aber tat er sie nicht. War er krank? Vielleicht schwul? Noch schüchterner als sie konnte er ja wohl kaum sein.

Mike Potter plagten ganz andere Sorgen. Seit drei Tagen schlief er schlecht, litt unter permanenter Müdigkeit und konnte sich zeitweise kaum noch auf seine Arbeit konzentrieren, obwohl das letzte Wochenende in Gräfenberg wirklich ruhig und erholsam gewesen war. »Schonzeit für Miss Vagina«, hatte Heide Röder lachend verkündet und ihn zärtlich getröstet.

Den Schriftsatz konnte er nicht mehr richtig lesen. Die Buchstaben wurden immer blasser, wie eine langsam verlöschende Geheimschrift. Seine Hände zitterten. Plötzlich krümmte er sich vor Schmerzen. Stiche durchbohrten seinen Magen. Er stemmte die Handflächen gegen die Tischkante und hielt die Luft an. Am liebsten hätte er laut geschrien.

Nach einer endlosen Minute war alles vorbei. Schweiß bedeckte seine Stirn. Er fühlte sich den Puls und das schnelle, unregelmäßige Schlagen beunruhigte ihn so sehr, dass er endlich seinen Hausarzt anrief und mit Dr. Moran einen Termin für morgen verabredete.

Vierundzwanzig Stunden später vernahm er staunend,

wie gesund er war. Die Untersuchungen hatten keine organischen Schäden ergeben. Stirnrunzelnd betrachtete Dr. Moran die Testbögen.
»Soweit ist alles in Ordnung. Ich habe nur eine Erklärung dafür, was mit Ihnen passiert ist: Drogen, LSD zum Beispiel. Dazu passen die von Ihnen geschilderten Symptome. Sind Sie süchtig? Als Ihr Arzt erwarte ich eine ehrliche Antwort.«
Mike Potter fuhr hoch. »Ich – süchtig? Sie müssen verrückt sein! Ich rauche, trinke normal Alkohol, viel Kaffee, mehr nicht. Ich bin doch nicht lebensmüde, Doktor!«
Dr. Moran zuckte mit den Schultern. »Dann verstehe ich das nicht. Stress, meinetwegen, aber das erklärt nicht Ihren Zustand.«
Mike Potter verstand es auch nicht. Er fühlte sich wieder wohl, frei von Beschwerden. Es war wie ein schlechter Traum, nur dass er ihn körperlich erlebt und erlitten hatte, sehr schmerzhaft. Und das alles ohne Befund. Deshalb verschwieg er diesen Vorfall seiner »Familie« und entschuldigte seine Abwesenheit im Büro mit Zahnschmerzen.

Potter als Bauernopfer

Kommissar Bertholdt und sein Assistent Fischer von der Mordkommission in Nürnberg machten einen reichlich kleinlauten Eindruck. Wie reuige Sünder hockten sie hinter ihren Schreibtischen. Zwei Tollpatsche, dachte Mike Potter, Tolli und Patschi, so haben sie sich auch benommen. Naiv und überheblich der eine, dumm und unerfahren der andere. Fehlte nur noch der Leitspruch an der Wand: Es gibt viel zu tun – lassen wir es liegen.
»Sie hatten Recht mit Ihrer Vermutung, Herr Rechtsanwalt, gratuliere. Gleichzeitig entschuldige ich mich für unsere wenig erfolgreiche Arbeit, aber wer konnte denn das ahnen?«
Mike Potter hatte dem Kommissar das Laborergebnis nicht mitgeteilt, ihn nur beiläufig auf die Idee gebracht, eine der Herztabletten des verstorbenen Peterssen doch bitte schön mal untersuchen zu lassen.
»Es waren tatsächlich nur Tabletten gegen Gastritis, das wird uns eine Lehre sein. Aber – wo zum Teufel haben Sie die her?«
»Ich arbeite mit einer Detektei zusammen und die hat bei den Sachen des Verstorbenen eine Originaldose mit diesen falschen Pillen gefunden. Sie sehen, manchmal können sogar Privatdetektive sehr genau sein.«
Dem armen Bertholdt war das peinlich. »Haben die vielleicht auch herausgefunden, wie das falsche Medikament in die richtige Dose gekommen ist?«
»Die Kernfrage! Nein, leider nicht. Möglicherweise durch den Peterssen selber. Haben Sie mal bei seinem Apothe-

ker nachgefragt, was er so an Medikamenten gekauft hat?«
»Ja. Der weiß nichts von Magenbeschwerden bei ihm und schwört auch Stein und Bein, sie nicht vertauscht zu haben. Bleibt nur die Vermutung, dass ein Dritter das manipuliert hat. Also Mord. Vielleicht war es die Frau, die ihn am Abend vorher besucht hat, wir wissen es nicht.« Er zuckte verlegen mit den Schultern. »Aber kein Raubmord, das Sparbuch war noch da.«
»Und andere Motive? Hatte er Feinde? Könnte er jemandem zu gefährlich geworden sein?«
»Sie denken an einen unerwünschten Zeugen in Ihrem Prozess? Liegt nahe. Von drei Zeugen sterben zwei. Zufälle, Unfälle, Mordfälle. Das macht Ihnen Sorgen, uns auch. Und Sie möchten jetzt wissen, ob und gegen wen wir Verdacht haben. Nur deshalb haben Sie uns doch die Pillen überlassen. Sie hätten es ja auch verschweigen können und wir hätten die Toten ruhen lassen. Schlamperei, Dummheit, aber so wärs gelaufen.«
»Wissen Sie, ich hasse es, von Mandanten verschaukelt zu werden und ein Verbrechen zu decken, um einen Prozess zu gewinnen. Das mache ich nicht mit, das habe ich nicht nötig. Ich will nur wissen, ob hier eine Schweinerei passiert ist. Und dafür sind Sie der richtige Mann.«
»Danke, danke.« Er hob abwehrend die Hände. »Wohl doch nicht so ganz, wie wir gesehen haben. – Auch unsere neuen Untersuchungen haben keine konkreten Beweise ergeben. Ein Volvo, eine Besucherin, vertauschte Tabletten und eine Pharmazeutin. Ende.«
»Muss ich hinnehmen. Vorhang zu, kein Applaus«, resignierte Mike Potter, aber seine Zweifel waren geblieben.

An ihm lag es jetzt, Heide Röder für schuldig oder unschuldig zu halten. Er musste den Richter spielen und wusste ganz genau, dass er doch nicht den Mut haben würde, ihr die Wahrheit zu sagen.

Fahr nach Hause, befahl er sich. Und protestierte sofort. Abgelehnt! Einspruch! Begründung? Wenn er schon mal hier war und sie doch unschuldig ... Wieder versteckte er sich.

Heidemarie Röder empfing ihn wie einen sehnsüchtig erwarteten Geliebten, auch wenn die Begrüßung nicht ganz so lange dauerte wie sonst. Er konnte die Garage benutzen, weil sie den Motor ihres Wagens in der Tankstelle überprüfen lassen wollte. Während er gleich durch den Keller nach oben ging, verschloss sie das Tor hinter ihm und fuhr weg.

»Das mit dem Motor hat Zeit bis Montag«, erklärte sie dem Mechaniker. »Irgendwas ist auch mit der Lenkung, können wir uns das gleich ansehen?«

Für die Rückfahrt benutzte sie eine Taxe. Den letzten Versuch für eine vielleicht doch noch gemeinsame Zukunft startete sie nach dem Abendessen mit einer sehr harmlosen Frage: »Sag ganz ehrlich, was du jetzt lieber möchtest, den Krimi im Fernsehen oder eine Schmusestunde im Bett.«

»Beides. Erst spielt der Gabin den Verführten, dann du die Verführerin.«

»Sehr verlockend, dass du mir diese Rolle überlässt.« Sie schmiegte sich an ihn. »Weißt du, welche Rolle ich besonders gern spielen möchte? Die Hauptrolle in deinem Leben. Auch im Alltag, jeden Tag. Ich tauge nicht zur grünen Witwe, die nur an Wochenenden empfangen darf.

Was hältst du davon, wenn wir morgen gemeinsam für ein paar Tage zu dir fahren?«

Sie fühlte, wie seine Muskeln sich verkrampften. Es tat ihr weh.

»Ich habe hier noch ein paar Dinge zu erledigen. In zwei bis drei Wochen wird alles vorbei sein. Dann kommst du mit, und wir können an Ort und Stelle besprechen, was alles verändert werden muss.«

Wie Recht er hatte. Einiges würde sich ändern. Einiges? Alles! Und Pläne hatte sie auch schon, aber ganz andere, als er ahnte. Sie wollte nicht länger nur ein Spielzeug sein, das man nach Gebrauch in die Ecke legte. Du hast dich entschieden, leider gegen mich, dachte sie verbittert, traust dich nur nicht, es mir offen zu sagen.

»Ich hol dir dein Bier.«

In der Küche öffnete sie die Flasche und tat ein paar Tropfen eines Schlafmittels hinein. Mit der zweiten Flasche verfuhr sie eine halbe Stunde später ebenso. Das Ende des Films erlebte er nicht mehr, schaffte es gerade noch bis ins Bett und schlief sofort ein.

Sorgfältig spülte sie die Flaschen und sein Glas aus, ging in den Keller, zog ihren alten Trainingsanzug an und schloss sich in der Garage ein. Nur ein schmaler Lichtstreifen unter der Außentür verriet ihre Anwesenheit. Sie achtete nicht darauf. Wer sollte sich dafür schon interessieren?

Mike Potter bedauerte es nicht, vorzeitig eingeschlafen zu sein, waren ihm dadurch doch weitere Ausreden erspart geblieben. Nachmittags verabschiedete er sich, fuhr durch die stillen Straßen der Kleinstadt und fädelte sich zügig in den Verkehr auf der Bundesstraße nach Nürnberg ein.

Obwohl nur Tempo hundert erlaubt war, beschleunigte er sofort auf hundertfünfzig. Er fühlte sich wieder müde und wollte so schnell wie möglich nach Hause. Den grauen BMW, der ihn mit der Lichthupe an die Seite drängte, bedachte er mit lauten Flüchen, erst recht, als ihn der Flegel kurz vor einer scharfen Kurve auch noch zum Abbremsen zwang.

Doch dann hätte er vor Überraschung fast das Lenkrad verrissen. Der Flegel kam auch aus Hannover und war eine Sie – Gaby Hoffmann in ihrer Agenturkutsche!

Sie winkte und bedeutete ihm, ihr an der nächsten Abzweigung zu folgen, hielt vor einem Dorfgasthaus und stürzte gestikulierend auf ihn zu.

»Gott sei Dank, dass ich dich erwischt habe! Dass dir nichts passiert ist! Dein Wagen ist defekt. Bremsen, Räder, Lenkung – was weiß ich! Bei deinem Tempo wärst du in den Tod gerast!«, sprudelte sie hervor. Er verstand sie nicht, starrte sie nur ungläubig an. »Glaub mir! Sie hat gestern Nacht in der Garage irgendwas an deinem Auto gemacht, oder hast du dich etwa als Bastler betätigt?«

»Ich? Nein. – Aber Heidemarie an meinem Wagen? Unmöglich. Es ...« Er verstummte. War das der Grund für seine plötzliche Müdigkeit gewesen? Ein Schlafmittel? »Wie kommst du überhaupt hierher?«

»Müller Zwo ist deiner reizenden Mandantin zu einer Tankstelle gefolgt, hat abends das Haus beobachtet, Licht in der Garage gesehen und an der Tür gelauscht. Er hörte merkwürdige metallene Geräusche und hat mich zum Glück sofort angerufen. – Wir müssen deinen Wagen untersuchen lassen, jetzt gleich. In der Bayreuther Straße in Nürnberg ist eine Großtankstelle, die hat Tag und

Nacht geöffnet. Ich fahr deinen Wagen, du folgst mit dem BMW.«
Einer der Mechaniker untersuchte das Fahrzeug und versetzte Mike Potter einen seelischen Tiefschlag. »Die Lenkung ist defekt. Da hat jemand dran rumgefummelt. Haben Sie 'ne Ahnung, wer das gewesen sein könnte? Da muss die Kripo her.«
»Noch nicht. Ich bin Privatdetektivin«, erklärte Gaby Hoffmann. »Wir lassen den Wagen hier. Prüfen Sie ihn auf Herz und Nieren! Ich rufe Sie an, dann sehen wir weiter. Jetzt muss ich meinen Boss nach Hause bringen.«
Mike Potter konnte das alles nicht fassen. Sein Gefühl weigerte sich zu glauben, Heide habe ihn in den Tod fahren lassen wollen. Warum? Warum nur?, fragte er sich ratlos. Der Kopf tat ihm weh, höllische Magenschmerzen plagten ihn wieder, sein Herz raste. Mühsam hielt er durch. Vor seinem Haus aber brach er zusammen.
Gaby Hoffmann schleppte ihn ins Wohnzimmer auf die Couch, klingelte Dr. Moran aus dem Bett und benachrichtigte Charlotte Gruber, die schon eine halbe Stunde später erschien und sich spontan bereit erklärte, Krankenschwester zu spielen, als der Arzt Mike Potter vier Tage strenge Bettruhe verordnete.
Sechsunddreißig Stunden wachte sie über ihren »Chef«, am Ende der zweiten Nacht jedoch verlor sie den Kampf gegen die Müdigkeit. Als Gaby Hoffmann am Dienstagnachmittag aus Nürnberg zurückkam, war Charlie Gruber in ihrem Sessel eingeschlafen. Das Licht brannte noch, das Buch lag auf dem Fußboden. Sie brachte die enttäuschte Hilfsschwester ins Gästezimmer und kümmerte sich selbst um den Patienten.

Heidemarie Röder wusste nichts von Mike Potters Zustand, sein Schweigen beunruhigte sie auch nicht. Sollte er die Rückfahrt nach Hannover gut überstanden haben, würden sie sich, wie verabredet, am übernächsten Wochenende wieder sehen.

Am Sonnabendnachmittag traf Mike Potter in Gräfenberg ein, diesmal fest entschlossen, Heide Röder endlich die Wahrheit zu sagen, die ganze Wahrheit, auch dass er sie für eine Mörderin hielt. Als sie ihn fröhlich begrüßte, kam er sich ziemlich schäbig vor. Zwei Schauspieler gaben ihr Bestes, wenn auch ohne Publikum.
»Wir trinken erst Kaffee und fahren dann zum Abendessen nach Pottenstein zur Teufelshöhle. Der *Felsenkeller* hat neu eröffnet. Einverstanden?«
Er war es. Auf neutralem Boden ließ es sich leichter über Abschied reden. »Dann bring deine Sachen schon rauf, ich schenk den Kaffee ein.«
Als er sich an den Tisch setzte und sie den Kuchen verteilte, fiel ihm Gaby Hoffmanns Warnung ein, jedes Risiko zu vermeiden.
»Ach Gott, ich hab meine Zigaretten im Mantel vergessen.«
»Bleib sitzen, ich steh ja noch und hol sie dir.«
Ohne zu zögern, tauschte er seine Kaffeetasse gegen ihre aus und trank einen Schluck. Den Kuchen rührte er nicht an.
Eine Stunde später fuhren sie mit ihrem Wagen los. Unterwegs beobachtete sie ihn und war beruhigt von seinem ersten Gähnen. Nach dem zweiten Mal schlug sie eine Pause vor und hielt am Ende einer steilen Zufahrt auf

einem Parkplatz, um ihm das herrliche Panorama zu zeigen. Auch sie selber brauchte ein bisschen Bewegung und frische Luft. Schon nach wenigen Schritten gab er vor, sich schlapp zu fühlen, und hoffte, damit wunschgemäß zu reagieren. An ihr konnte er keine Veränderungen feststellen.

»War wohl doch ein bisschen zu viel für dich. Ruh dich aus oder schlaf, ich fahre auch ganz vorsichtig.«

Fürsorglich brachte sie ihn zum Wagen zurück und stellte die Sitzlehne flacher. Um nicht eingezwängt zu werden, ließ er den Sicherheitsgurt nicht einrasten, sondern hielt die Metallzunge mit der linken Hand nur neben das Schloss. Ihm war gar nicht wohl in der Einsamkeit hier oben. Sie startete den Motor.

»Vergiss nicht, dich anzuschnallen«, murmelte er. Sollte in dem Kaffee wirklich ein Mittel gewesen sein, durfte er sie keiner Gefahr aussetzen.

Sie tat es automatisch, löste die Handbremse und legte den ersten Gang ein. Ihre Bewegungen wirkten merkwürdig schablonenhaft, wie in Trance. Die Augen flatterten.

»Komisch, mir ist ...«

Ganz langsam fiel ihr Kopf nach vorn, zuckte wieder zurück, schlug gegen die Kopfstütze. Sie gab Gas. Immer schneller näherte sich der Alfa Romeo der Abgrenzung. Mike Potter geriet in Panik und griff nach dem Türöffner.

»Raus hier!«, schrie er, stieß die Tür auf und ließ sich einfach nach draußen fallen. Splitt schürfte seine Handflächen auf. Sein Ruf schreckte sie hoch, sie wollte bremsen, aber die Beine gehorchten ihr nicht mehr. Vergeblich versuchte sie, den Sicherheitsgurt zu lösen. Sie rief

seinen Namen, griff nach dem Lenkrad und riss es nach links – zu weit. Das Heck schleuderte gegen die Planke und durchbrach sie. Die Schleier vor ihren Augen wurden undurchdringlich. Sie schwebte wie auf Wolken.
Hilflos musste er zusehen, wie der Wagen über die Kante stürzte. Benommen rappelte er sich hoch, hörte den dumpfen Aufprall, starrte entsetzt in die Tiefe. Ein paar Sekunden war er wie gelähmt, begriff erst allmählich, wie nahe er dem Tod gewesen war. Hier also sollte sein tödlicher Unfall stattfinden: als Abschied für immer, als tragisches Ende einer Liebe. So aber endete hier ihr Leben. Durch den Tausch einer Kaffeetasse war sie ihr eigenes Opfer geworden. Das hatte er nicht gewollt.

Eine halbe Stunde später erreichte er die Unglücksstelle. Helfen konnte hier niemand mehr. Heidemaries Körper lag völlig entstellt neben der abgerissenen Fahrertür. Ein junger Mann tauchte auf, ein Tourist.
»Ich hab den Absturz gesehen, sie muss sofort tot gewesen sein. Rühren wir hier lieber nichts an, überlassen wir das den Fachleuten. Wenn Sie wollen, nehme ich Sie bis zum nächsten Gasthof mit, mein Auto steht gleich hier am Wanderweg.«
Dankend nahm Mike Potter das Angebot an, fand im *Hirsch* ein Zimmer für die Nacht und verständigte Gaby Hoffmann und die Polizei. Für die Beamten war das schreckliche Ereignis nur ein gewöhnlicher Unfall mit tödlichem Ausgang. Sie bedauerten lediglich, dass er weder den Namen noch das Autokennzeichen des freundlichen Touristen kannte.

Nachts träumte er wieder wirres Zeug. Jemand hatte ihn in einen riesigen Medikamentenschrank gesperrt. Arzneimittel und Gifte wurden in Kaffeetassen aufbewahrt, er spielte damit. Manchmal erkundigte sich eine Wärterin nach seinem Zustand. Er hörte nur ihre Stimme – die von Heide. Die Tür öffnete sich und Licht drang herein, ein unsichtbares Wesen schlich um ihn herum, einmal wurde sein Name geflüstert.

Eine Gestalt erschien und ergriff seine ausgestreckte Hand. »Hab keine Angst mehr, ich bin ja da«, sagte die Stimme und klang wie die von Nachtschwester Charlie.

Am Morgen fühlte er sich frisch und ausgeruht und erleichtert. Im Frühstücksraum blieb er überrascht stehen. An einem der Tische saß Charlotte Gruber und winkte ihm fröhlich zu. Verwundert setzte er sich zu ihr.

»Sie hier? Das versteh ich nicht.«

»Ich dachte, vielleicht brauchen Sie wieder mal Hilfe«, lachte sie.

»Die kann ich wirklich gebrauchen. Woher wussten Sie überhaupt, dass ich hier bin?«

»Von Gaby. Sie hat mich angerufen und nur gesagt: ›Unser Häuptling hat Ärger, er braucht dich sofort.‹«

»Das finde ich unheimlich nett von Ihnen. Zum Dank habe ich heute Nacht sogar von Ihnen geträumt. Sie haben mich aus einem Giftschrank gerettet, das heißt, es war nur Ihre Stimme, mehr konnte ich nicht erkennen.«

»So?« Ihr Lachen klang leicht ironisch. »Fragt sich, wer das Gift war.«

»Keine Person, nur Medikamente, Pulver und Pillen.«

»Sie hatten vergessen, Ihre Zimmertür abzuschließen. Ich wollte nur sehen, ob alles in Ordnung war. Aber Sie

streckten im Schlaf Ihre Hand so Hilfe suchend nach mir aus und wirkten so mutlos, dass mein Mitleid größer war als der Respekt vor meinem Chef.«
»Also haben Sie wieder Nachtwache gehalten?«
»Das und auch Sie im Arm, bis Sie wieder ruhig schliefen.« Ihr Lachen klang etwas verlegen. »Ich hatte das Gefühl, es tat Ihnen gut.«
»Ach du lieber Gott, so war das im Traum auch. Hoffentlich habe ich mich anständig benommen, denn in Ihren Armen könnte einem durchaus ...«
»Keine Sorge, Chef. Ich habe nur eine Zeit lang auf Ihrem Bett gesessen. Sie waren etwas unruhig und suchten Halt nach Ihrem Alptraum. Das war ja nicht absichtlich und hat mich auch nicht gestört. Wo haben Sie eigentlich Ihren Wagen und das Gepäck gelassen?«
»Alles noch bei Frau Röder.«
»Weiß die Polizei davon?«
»Ich hab es ihr nicht gesagt.«
»Dann sollten wir Ihre Sachen dort sofort abholen, bevor die Schnüffler auf komische Gedanken kommen.«

Ein Testament mit Folgen

Dazu war es bereits zu spät. Kriminalkommissar Bertholdt hatte den Unfall zu einer Angelegenheit der Mordkommission gemacht und das besondere Verhältnis zwischen

dem Rechtsanwalt Potter und der Frau Dr. Röder schon entdeckt. Eine Reisetasche und persönliche Gegenstände des Anwalts aus Hannover im Schlafzimmer der Verstorbenen waren eindeutige Beweise.
»Was halten Sie davon, Fischer?«
»Die hatten hier ihr Liebesnest«, grinste der Assistent.
»Das seh ich selber, ist ja nicht verboten. Aber ich denke da an einen gewissen Prozess und an zwei tote Zeugen.«
»Ich auch. Und jetzt haben wir den dritten Unfall und die dritte Leiche. Ich glaube, der Anwalt wollte uns neulich ganz schön linken. Von wegen Verdacht gegen die Röder, jetzt hängt der selber mit seiner Beziehungskiste drin. Sieht doch verflucht so aus, als hätten die das mit den Zeugen gemeinsam gedreht. Jetzt musste der letzte Mitwisser auch weg.«
»Merkwürdig ist das schon. Ich wette, die Röder wollte nur die Erbschaft haben, nichts mit Ehre und so. Wir sehen uns im Haus mal genauer um, Sie fangen hier oben an, ich unten.«
Nach zwei Stunden hatten sie sehr viel gefunden, nur keinen einzigen Hinweis, der mit dem Tod von Heidemarie Röder zusammenhing. Blieb noch der kleine Tresor in der Bücherwand. Die Zahlenkombination war selbst für Kriminalassistent Fischer kein Problem – ihr Geburtsdatum. Hier lagen Papiere, etwas Bargeld und ein Testament in einem offenen Briefumschlag. Fischer nahm es mit dünnen Gummihandschuhen heraus und schob das Blatt in eine Plastikhülle. Halblaut las der Kommissar den Text.
»Als meinen letzten Willen bestimme ich Folgendes:

1. Sterbe ich eines natürlichen Todes oder durch Selbstmord oder durch Unfall ohne Einwirkung dritter Personen, erhält Frau Maud Konrad, geboren am 6. Februar 1974, wohnhaft in Nürnberg, Herrengasse 18, mein gesamtes Vermögen als Alleinerbin.
2. Sollte ich gewaltsam oder bei einem Unfall sterben, an dem Dritte schuldhaft beteiligt waren, setze ich je zur Hälfte Maud Konrad und den Rechtsanwalt Michael Potter aus Hannover als Miterben ein mit der Verpflichtung, die Todesursache aufzuklären und die Schuldigen der gerechten Strafe zuzuführen.
3. Fällt einer der Erben aus, tritt die Stiftung Krebshilfe an seine Stelle ...«

Den Rest nuschelte er nur noch, las die Anordnung ein zweites Mal und grinste hämisch. »Ein teuflisches Testament. Erst fünf Wochen alt und so brisant. Muss in der Familie liegen. Das bedeutet Krieg zwischen den Erben und der Potter sitzt zwischen den Stühlen. Sehr schön.«
»Also, das versteh ich nicht«, bekannte Fischer.
»Schauen Sie, diese Konrad, wer immer das ist, muss beweisen, dass weder sie selbst noch der Potter mit dem Unfall etwas zu tun haben oder dass es Selbstmord war. Gleiches hat die Röder bei ihrem Vater durchgemacht.«
»Ah ja. Und wenn sie nicht auf Potters Hälfte verzichten will, muss sie sogar beweisen, dass der Potter Schuld an dem Unfall hat.«
»Falsch! Dann erbt die Krebshilfe seinen Anteil. Bei Unfall durch Fremdverschulden bleibt der Konrad immer noch die Hälfte. Will aber der Potter erben, muss er einen Schuldigen für den Unfall finden.«

»Ganz schön kompliziert das Ganze.«
»Das, lieber Fischer, erleichtert unsere Aufgabe ungemein, denn jeder wird unsere Ermittlungsergebnisse anzweifeln. Wir müssen verdammt sorgfältig arbeiten oder man dreht uns durch den Wolf.«
»Einen Hauptverdächtigen haben wir ja schon, den Anwalt. Der hatte Motiv und Gelegenheit.«
»Hatte er? Sehen Sie, genau das meinte ich. Vorsicht mit voreiligen Meinungen. Können Sie beweisen, dass er von dem Testament wusste?«
»Nein. Aber diese Konrad weiß davon.«
»Und woher wissen Sie das schon wieder? Kennen Sie die? – Na also. – Ich bin überrascht, dass der Potter nicht sofort seine Sachen hier abgeholt hat, wir hätten das doch nie erfahren. Stattdessen schläft der ruhig im Gasthof. Spricht nicht gerade für seine Schuld.«
Fischer freute sich, einen guten Gedanken zu haben. »Jeder macht eben mal einen Fehler. Den hat übrigens eine Frau Gruber aus Hannover besucht und mitgenommen. Angeblich seine Sekretärin, kennt man ja. Seine Frau soll wohl nichts davon erfahren.«
Der Kommissar winkte ab. »Sie lesen zu viele Krimis. Potter ist seit zwei Jahren Witwer, seine Frau kam bei einem Verkehrsunfall ums Leben. Ich werde ihn bitten, uns mal ganz zwanglos zu besuchen. Außerdem sollten wir uns um diese Maud Konrad kümmern. – Komischer Name, überhaupt alles sehr komisch. Nicht die kleinste Spur haben wir hier von ihr gefunden, keine Briefe, keine Fotos, in dem kleinen Adressbuch steht sie auch nicht. Passt doch nicht zu einer Alleinerbin. Na ja, morgen sehen wir weiter. Kommen Sie, aber versiegeln Sie die Türen.«

»Ausgerechnet der Bertholdt!«, schimpfte Mike Potter, als die Beamten das Grundstück verließen. Seit einer Stunde wartete er schon mit Charlotte Gruber in der Nähe des Hauses.

»Und das bedeutet?«

»Ärger! Ärger mit der Mordkommission. Dieses Mal wollen die besonders gut sein und keine Fehler machen. – Egal, wir gehen ins Haus.«

Der Ersatzschlüssel für die Garage lag noch immer unter dem Stein neben dem Tor, und dieser Zugang war nicht versiegelt. Der liebe Fischer hatte es vergessen. Neugierig und amüsiert betrachtete Charlotte Gruber die Unordnung, die die Polizei hinterlassen hatte. Mike Potter ging sofort ins Schlafzimmer und fand seine Befürchtung bestätigt. Der Inhalt seiner Reisetasche und fast alle anderen Sachen von ihm lagen ausgebreitet auf dem Bett. Er ließ sie dort. Der Medikamentenschrank im Badezimmer stand offen, auch das Sicherheitsfach. Er fand, wonach er suchte. Zwei kleine Flaschen mit den Aufschriften »Wach-fit« und »Peniforte«. Jetzt kannte er auch das Geheimnis seiner Fähigkeiten als toller Liebhaber. Darauf wäre er nie gekommen. Seiner Sekretärin verschwieg er den Fund.

»Meine Sachen haben die oben fein säuberlich sortiert, sollen sie weiterhin ihren Spaß damit haben. Ich nehme nur den Wagen mit. Sie fahren voraus und bestimmen das Tempo, ja?«

Sie hatte es nicht eilig, legte sogar eine Kaffeepause ein und hoffte auf ein gemeinsames Abendessen und einen gemütlichen Abschiedstrunk. Vor seinem Haus blieb sie nicht im Auto sitzen, sondern stieg aus – für den Fall, dass er wieder Hilfe brauchen sollte.

»Kommen Sie noch auf ein Glas Champagner mit rein? Das haben wir uns heute wirklich verdient.«

»Gern, aber vorher sollten wir eine Kleinigkeit essen, Sie haben sicher auch Appetit. Ich kümmere mich darum, kenne mich hier ja bestens aus.«

Als er eine zweite Flasche holen wollte, wehrte sie ab. »Das reicht, ich muss noch fahren, außerdem ist es schon spät. Ich schätze, heute Nacht brauchen Sie keinen Beistand, auch nicht im Traum, oder doch?«

»Eigentlich nicht. Nachdem Sie gestern schon die halbe Nacht geopfert haben, kann ich Ihnen das nicht mehr zumuten.«

»Wenn ich bleiben soll, sagen Sie es, ich schlafe dann im Gästezimmer, weil das sicherer ist, falls Sie wieder Ihre Hand ausstrecken sollten. Sie wissen doch, zu Risiken und Nebenwirkungen ...«

»Werde ich Doktor Moran konsultieren und ihn fragen, wie gefährlich weibliche Hilfeleistung sein kann.«

»Sehr gefährlich, Chef, wenns die falschen Hände sind oder wenns ein böses Weib ist, das nur versorgt sein will.«

»Trifft auf Sie alles nicht zu. Wenn Ihnen das wirklich nichts ausmacht, wäre das großartig. Ich würde viel ruhiger schlafen.«

»Gut, dann brauchen Sie keine Angst mehr vor Giftschränken und Hexen zu haben. Falls doch, rufen Sie mich.«

»Ich gratuliere, Chef! Die verstorbene Doktorsche aus Gräfenberg hat Sie als Erben eingesetzt, aber wahrscheinlich werden Sie sich nicht sehr darüber freuen.« Feierlich legte sie einen großen Briefumschlag auf seinen Schreibtisch.

»Bitte, wie war das, Charlie?«
»Sie machen eine Erbschaft.« Sie ging zum Seitenfach in der Bücherwand, schenkte ein Glas Calvados ein und stellte es neben den Brief. »Den werden Sie jetzt wohl brauchen.«
Der Umschlag enthielt eine Fotokopie des Testamentes von Heidemarie Röder und eine freundliche Einladung von Kommissar Bertholdt, um »einige Ungereimtheiten« im Zusammenhang mit dem Unfall zu klären.
Unwillig runzelte er die Stirn. Das Glas leerte er in einem Zug. »Sie haben Recht, wie immer. Verbinden Sie mich doch bitte gleich mit diesem Spaßvogel von der Mordkommission.«
Der Kommissar war bester Laune. »Nett, dass Sie sofort anrufen. Wann passt es Ihnen denn?«
»Sagen Sie, muss das überhaupt sein? Der Polizei habe ich bereits alles gesagt, die Verabredung im *Felsenkeller* wurde bestätigt, mehr weiß ich auch nicht. Und das Testament ist mir völlig egal.«
»Uns aber nicht. Auch nicht die Rolle, die Sie wirklich im Leben der Frau Röder gespielt haben. – Sie können dann auch gleich Ihre Sachen aus dem Haus abholen.«
Auf den süffisanten Ton ging er nicht ein. »Soll das heißen, Sie machen aus dem tragischen Unglück einen Mordfall?«
»Soll es, Herr Rechtsanwalt, soll es!«
»Ist doch Unsinn! Ich werde das übermorgen, also Freitag, bei Ihnen aufklären. – Können Sie mir sagen, wer Maud Konrad ist?«
»Das wissen Sie nicht?«
»Nein. »

»Eine Drogistin. Den Rest ermitteln wir gerade.«
»Dann haben Sie ja schon zwei Verdächtige, wie schön für Sie. Passen Sie bloß auf, dass Ihr Spürhund Fischer das nicht durcheinander bringt.«
Verärgert beendete er das Gespräch. Das fehlte ihm noch, als Verdächtiger in einen Mordfall verwickelt zu werden, obwohl er völlig unschuldig war. Völlig? Nein, denn er hatte ihr das ihm zugedachte Mittel gegeben und vorsätzlich in Kauf genommen, dass der Kaffee eine Droge enthielt. Das Testament machte ihm wirklich keine Freude, es machte alles nur komplizierter. Und eine Maud Konrad hatte Heide nie erwähnt. Hier konnte nur noch Gaby helfen. Er fuhr sofort zu ihr.

Sorgfältig las sie das Testament durch und rief Müller Zwo an. »Sind Sie bei Ihren Ermittlungen im Fall Röder zufällig auf den Namen Maud Konrad gestoßen?«
Vor Schreck ließ der fast den Telefonhörer fallen. Woher wusste sie das nun schon wieder? Nichts konnte man dieser Frau verheimlichen! Ein weiblicher James Bond mit unschuldigen Augen. Ihm brach der Schweiß aus. Vor zwölf Tagen hatte er endlich seine Zurückhaltung Maud Konrad gegenüber aufgegeben und sich ein Wochenende lang von einer gar nicht prüden Klosterschülerin überraschen lassen..
»He! Müller Zwo! Leben Sie noch?«
»Ja. – Natürlich, ja!« stotterte er. »Ich habe nur nachgedacht. Dieser komische Name wäre mir aufgefallen. Tut mir Leid«, log er dreist und hatte sich wieder gefangen. »Wer soll das sein? Mann oder Frau?«
Sie erklärte ihm die Zusammenhänge und beauftragte

ihn, über diese Maud sofort alles in Erfahrung zu bringen.
»Ein reizendes Abschiedsgeschenk, Mike. Heidemaries Götterdämmerung.«
»Beinahe. Rache nach dem Tod. Dass ich überleben könnte, hat sie einkalkuliert und doch ihr Opfer gefunden.«
»Du überleben? Gab es etwa wieder einen Anschlag auf dich?«
Staunend hörte sie die Geschichte von den Kaffeetassen und den Medikamenten im Medizinschrank. »Au, Scheiße!«, reagierte sie spontan. »Entschuldigung, aber das sieht wirklich schlecht aus für dich. Die Polizei könnte Spuren von Gift bei ihr finden.«
»Bei einer Pharmazeutin doch nicht ganz ungewöhnlich. Es kann nur eine kleine Dosis gewesen sein. Zwar finden die ja heute alles, aber in Nürnberg arbeitet die Kripo zum Glück schlecht. Dennoch muss ich denen jetzt klarmachen, dass ich unschuldig bin.«
Wieder musste er einen Selbstmord beweisen. Weshalb sonst hatte sie Gas gegeben und war in die Absperrung gefahren? Das Gift durfte er natürlich nicht erwähnen, kein Mensch würde ihm den Tausch der Kaffeetassen abnehmen Sie schien an alles gedacht zu haben, wie ihr Vater. Auch sie wollte einen Unschuldigen zum Schuldigen machen. Ihn! Der Köder war Geld. Nur konnte er nicht beweisen, dass ihm das Testament unbekannt gewesen war.
»Gönnst du mir einen guten Schluck? Den brauche ich jetzt.«
»Bekommst du«, lachte sie und spendierte ihm gleich einen doppelten Apfelbranntwein, schaltete den Fernseh-

apparat ein und legte eine Videokassette in den Recorder. »Schau dir das mal sehr genau an.«

Einen Schnaps brauchte Müller Zwo ebenfalls. Er war völlig konsterniert. Erleichtert zwar, dass seine Chefin ihm doch nicht auf die Schliche gekommen war, stand er dennoch vor einem Rätsel. Maud als Erbin dieser Röder? Die uneheliche Tochter ihrer ärgsten Feindin Tal? Gewiss, sie war ihre Halbschwester, aber genügte das? Woher wusste sie überhaupt von der Existenz des Kindes? Wer spielte hier den großen Zampano? Hatte der alte Peterssen etwa auch bei der Röder kassieren wollen?

Er holte den Aquavit aus dem Kühlschrank und trank gleich aus der Flasche. Der Agentur gegenüber würde er so lange wie möglich schweigen, und auch dann kein Wort von Wien und Elise Tal.

Plötzlich wurde ihm bewusst, dass er immer nur von der Geliebten ausgegangen war. Aber konnte es nicht auch die Ehefrau Henriette gewesen sein? Dann würde die Erbschaft einen Sinn ergeben, alles andere auch, dann hatte Heidemarie Röder ihre Schwester Maud gekannt, und sie war es, die den Peterssen beseitigt hatte. Auch der Tod von Albert Röder war dann kein Selbstmord, sondern Mord gewesen. Jawohl! Mord!

Er prostete sich selber zu. Jens Müller, du bist eben doch ein schlaues Kerlchen. Natürlich, Henriette Röder hatte ebenfalls ein Verhältnis gehabt, mit Folgen sogar, deshalb musste der Ehemann sterben. Die Sache hatte nur einen Haken: In Wien war Elise Tal gewesen, nicht Henriette. Er holte die Fotos hervor und verglich sie nochmals unter dem Vergrößerungsgerät. Das Ergebnis beruhigte ihn keineswegs. Die schwangere Frau auf dem Bild konnte tatsächlich auch Henriette sein. Das musste er klären, gleich morgen.

Mike Potter sprang schon bei den ersten Bildern auf, doch Gaby Hoffmann drückte ihn energisch wieder auf seinen Sitz. Er sah sich neben Heide auf dem Parkplatz stehen, erlebte den ganzen Unfall noch einmal aus der Perspektive des Zuschauers. Er war fassungslos.

»Reg dich nicht auf, Mike. Der nette Tourist, der dich zum Gasthof gebracht hat, war dieser Müller Zwo. Aus Sorge um dich hatte ich ihn geschickt, helfen hätte er dir allerdings nicht können, nur nachträglich mit diesen Beweisen. Es gibt auch einen Film von dem Ausflug zum Felsen. Dort ist ganz klar zu sehen, dass sie dich runterstoßen wollte. – Entschuldige mein Spionieren, aber ich hatte Angst um dich.«

Er nahm sie in die Arme. »Ich weiß, wie du es gemeint hast, stets das richtige Gespür. Aber weshalb hast du mir das mit dem Attentat auf dem Felsen nicht schon früher gesagt?«

»Hättest du mir das geglaubt?«

»Nein«, stimmte er ihr zu, »damals noch nicht.«

»Dann pack die Kassetten für deinen Freund Bertholdt ein, damit der endlich Ruhe gibt.«

Die zweite Reise nach Wien hätte Müller Zwo sich sparen können, wenn er schon beim ersten Mal besser recherchiert hätte. Die Hauseigentümerin erkannte auf dem Foto Henriette Röder als ihre schwangere Mieterin. Also doch ein teuflisches Spielchen der Ehefrau. Nur beim

Meldebüro hatte es nicht funktioniert, denn dort war sie korrekt als Henriette Röder aus Nürnberg registriert worden, nicht als Elise Tal.
Maud Konrad hatte sich damit als Reinfall erwiesen. Sein Traum vom großen Geld war zerronnen. Mutter und Halbschwester waren tot, wer sollte noch ein Interesse daran haben, Mauds Herkunft zu verschweigen und dafür zu zahlen? Die Erbschaft war zu früh gekommen und Maud über Nacht reich geworden. Er dagegen war ein Nichts geblieben, ohne jede Chance.

Kommissar Bertholdt und sein Mitarbeiter Fischer begrüßten Mike Potter übertrieben freundlich – viel zu freundlich für seinen Geschmack. Was hatten sich Tolli und Patschi nun wieder ausgedacht? Er legte Wert auf die Feststellung, freiwillig gekommen zu sein, um einen Unfall aufzuklären, keinen Mord, weil der gar nicht geschehen sei.
»Ich war es, der den Unfall gemeldet hat. Vielleicht hätte ich mich besser still und heimlich verdrücken und meine Sachen aus Gräfenberg sofort abholen sollen.«
»Wir hätten es sowieso rausbekommen«, erklärte Patschi selbstbewusst.
»Ach ja? Hätten ausgerechnet Sie das wirklich? Sie sind ja nicht mal in der Lage, einen Volvo zu finden, der direkt vor Ihrer Nase steht.«
Der Assistent lief rot an, sein Vorgesetzter hob beschwichtigend die Hand. »Das ist doch unwichtig. Wir hätten uns ohnehin mit Ihnen beschäftigen müssen, Herr Rechtsanwalt. Sie waren der Vertreter der Verstorbenen und hatten ein Verhältnis mit ihr. Sie wurden als Miterbe eingesetzt. Und es ist der dritte Unfall, an dem Sie und

Frau Doktor Röder beteiligt sind, direkt oder indirekt mit einem Toten. Sie verstehen?«

»Nein!« Er wollte es auch gar nicht verstehen. Was hatte er mit den anderen Unfällen zu tun? »Das mit dem Testament ist mir schleierhaft. Sie wollen doch nicht im Ernst mich für den Tod von Frau Röder verantwortlich machen? Etwa auch für den Tod der beiden Zeugen? Sie scherzen, der erste April ist vorbei!«

Er steckte sich in aller Ruhe eine Zigarette an.

»Ich dachte, die beiden anderen Fälle seien nun wirklich erledigt. Falls nein, könnten Sie ganz schön alt aussehen. Alles, Herr Kommissar, habe ich Ihnen nämlich nicht erzählt. Bei solchen unfehlbaren Beamten ist es immer gut, noch ein As im Ärmel zu haben. Vielleicht sollten Sie und Ihr pfiffiger Kollege mal Ihren Verstand benutzen. Aber lassen Sie sich ruhig Zeit dabei, ich kann warten.«

Der Leiter der Mordkommission war wieder verunsichert und verärgert. Genau das hatte er bei diesem Potter befürchtet, die Kollegen aus Hannover hatten ihn gewarnt.

»Nicht meine Idee, sondern die vom Untersuchungsrichter. – Was halten Sie überhaupt von dem Testament?«

»Hätte von ihrem Vater stammen können, reine Boshaftigkeit. Ich denke nicht daran, mich an diesem perfiden Spiel zu beteiligen. Ich bin froh, noch zu leben.«

»Sie kannten es nicht?«

»Ich? Nein! Woher denn? Bloß weil ich ihr Anwalt war?«

»Weil das Testament in einem unverschlossenen Umschlag steckte.«

»Ach nee! Und wo war dieser Umschlag?«

»In dem kleinen Tresor in der Bücherwand.«

»Klar, Tresorknacken ist meine Freizeitbeschäftigung, wussten Sie das nicht?« spottete er.
»Vielleicht wussten Sie, wo der Schlüssel zu finden war.« Dass es sich um eine Zahlenkombination handelte, verschwieg Bertholdt.
»Natürlich! In der Zuckerdose. Im Eisfach. Oder unter einem Stein im Garten neben dem Garagenschlüssel.«
Patschi bekam große Augen. »Im Garten war ein Schlüssel versteckt? Haben Sie den etwa benutzt?«
»Aber ja, dafür sind diese Dinger schließlich konstruiert.«
»Aber dieser nicht. Das Haus war versiegelt, also Siegelbruch!«
»Mein Gott! Sie werden es nie lernen. – Herr Kommissar, Sie sollten den Tollpatsch schleunigst zum Streifendienst versetzen. Das Haus hat drei Außentüren, aber was macht er? Vergisst das Garagentor. Typisch. Er kann nicht mal bis drei zählen! – Wo kein Siegel ist, kann ich auch keines verletzen. Kapiert Sie Schlaumeier?«
Kommissar Bertholdt zuckte resigniert mit den Schultern. »Stimmt. Haben Sie was mitgenommen?«
»Ich habe nicht gesagt, dass ich das Haus auch betreten habe. Meine Sachen müssten alle noch dort sein.«
»Ich dachte mehr an Beweismittel.«
»Die Sie übersehen haben sollten? Aber nicht doch, nicht Sie. Und Ihr wackerer Mitstreiter schon gar nicht.«
»Was werden Sie wegen der Erbschaft unternehmen?«
»Ganz einfach, Ihnen und dieser Konrad die Arbeit überlassen. – Wissen Sie schon Näheres über diese Frau?«
»Sie wurde in einem katholischen Mädchenheim aufgezogen und betreibt in der Stadt eine Drogerie.«

»Na schön. Ich jedenfalls schlage die Erbschaft aus, für mich ist der Fall erledigt. Im Übrigen gibt es sogar einen Zeugen für den Unfall.«

»Name?«, bellte Fischer.

»Trumpf As!«

»Wie bitte?«

»Sind Sie auch noch schwerhörig? Ich sagte Trumpf As, der Trumpf im Ärmel, aber das haben Sie sicher auch nicht verstanden.«

»Doch!«

Gelogen, dachte Mike Potter, nichts hat dieser Kerl verstanden, absolut nichts. Dass die Beamten nicht begeistert waren, nahm er ihnen nicht übel.

»Sie unterschlagen Beweismaterial in einem Mordfall, das wissen Sie.«

»Verehrter Kommissar!« Seine Ironie war nicht zu überhören. »Sie irren schon wieder. Trumpf As ist Zeuge eines Unfalls, keines Mordes. Der existiert nur in Ihrer Fantasie und die ist nicht maßgebend. Lösen Sie Ihr Problem allein, beweisen Sie einen Mord! Außerdem handelt es sich um einen Entlastungs- und keinen Belastungszeugen. Alle Fragen beantwortet?«

»Das wird dem Untersuchungsrichter gar nicht gefallen.«

»Ist das meine Sorge? Hören Sie schon auf mit dem Unsinn vom U-Richter.«

»Kein Unsinn. Ich habe den Auftrag, Sie anschließend zu ihm zu bringen, notfalls unfreiwillig. Tut mir Leid.«

»Haftprüfung?«

»Ja.«

»Noch so ein Verrückter! Ein Clown in der Robe des Richters. Gibt es bei Ihnen hier nur solche verqueren Typen?

Darf man wenigstens lachen? Aber gut, bringen wir es hinter uns. Mal sehen, was der für Einfälle hat.«

Der Untersuchungsrichter hatte tatsächlich die Idee gehabt, diesen ihm höchst verdächtigen Anwalt aus Hannover notfalls verhaften zu lassen. Er war noch jung und dynamisch, nur leider nicht vom Fach. Erfahrung ersetzte er durch Tatendrang.

Solche Justizhelden konnte Michael Potter überhaupt nicht leiden. Er ließ ihn schließlich einfach sitzen. An der Tür drehte er sich noch einmal um. »Es gibt so viele schöne andere Berufe. Weshalb mussten ausgerechnet Sie Jurist werden?«

In einem kleinen Café entspannte er sich und beschloss, seinen beiden Freunden Tolli und Patschi schon heute die Videokassetten zu übergeben. Er wollte endlich Ruhe haben, das Kapitel abschließen, kurz und bündig.

»Der Zeuge heißt Jens Müller, ist Mitarbeiter der Auskunftei Hoffmann und Karst in Hannover und hat den ganzen Unfall ohne mein Wissen gefilmt. Hier ist das Originalband. Eine Kopie habe ich noch, falls Ihnen wieder ein Missgeschick passieren sollte. Auf dem zweiten Film ist ein Mordversuch von Frau Röder an mir dokumentiert. Ein weiterer Versuch mit der Lenkung meines Autos scheiterte ebenfalls. Die Adresse der Werkstatt schreibe ich Ihnen auf.«

»Und das sagen Sie uns erst jetzt?«

»Ich wollte den Fall auf meine Art lösen und Ihnen, Herr Kommissar, eine Mörderin servieren. Leider wurde daraus eine Leiche.«

»Also, diese Geschichte gefällt mir nun gar nicht.«

»Schade. Haben Sie eine bessere?«
»Leider nein.«
»Sehen Sie sich die Filme an, dann haben Sie eine.«
Als er wieder in seinem Wagen saß, fiel ihm ein, dass er noch immer nicht wusste, was für ein Mensch diese Maud Konrad war. Weil sie in der Nähe wohnte, hielt er es für eine gute Idee, sie aufzusuchen. Das Haus Nummer 18 in der Herrengasse war ein moderner Betonklotz mit einfallslos grau gestrichener Fassade, aufgeteilt in ein Dutzend kleiner Kammern, genannt Zweizimmerwohnungen. Auf sein Klingeln meldete sich niemand, die Sprechanlage blieb stumm.

Maud Konrad wäre vermutlich viel Kummer erspart geblieben, wenn sie auf das Klingelzeichen geantwortet hätte, statt nur mit einem »Keiner zu Hause« zu reagieren und sich weiterhin dem aufregenden Studium gewisser Unterschiede zwischen Mann und Frau zu widmen. Der liebe Jens hielt sich ausnahmsweise sehr zurück. Als es ihm zu schwer fiel, schob er sie sanft von sich, um ihr seinen angeblichen Rückzug zu erklären.
»Ich fürchte, darauf müssen wir in Zukunft verzichten. Es hat sich zu viel geändert, ich passe nicht mehr zu dir. Du bist durch die Erbschaft eine reiche Frau geworden. Und ich? Bin arm geblieben, kann dir nichts bieten. Ich komme mir wie ein Erbschleicher vor.«
Kein Wunder, schlich er sich doch wieder näher an jenen Körperteil heran, der ihm die Tür zur Erbschaft öffnen sollte. Und wartete nur darauf, als armer Held empfangen zu werden.
»Das ist doch albern. Was hat das mit unserer Liebe zu

tun? Du willst mich als Frau und ich dich als Mann, nur das zählt für mich. Die Röder kenne ich überhaupt nicht, hab keine Ahnung, warum die ein Findelkind wie mich als ihre Erbin eingesetzt hat. Dafür können wir doch nichts.«

Er hatte sein Ziel erreicht und beging in diesem Augenblick den größten Fehler. Der Ritter von Habenicht und Willnicht benahm sich wie ein fröhlicher Sünder, anstatt ihr endlich die Wahrheit über ihre Herkunft zu offenbaren. Deine Vergangenheit erfährst du erst in der Hochzeitsnacht, dachte er vergnügt, denn du wirst mich heiraten, weil du schwanger sein wirst. Dafür sorge ich schon.

Lösungen

Mike Potter kam sich sehr verloren vor in der Kapelle des Krematoriums. Nur zehn Frauen waren gekommen, um von Heidemarie Röder Abschied zu nehmen: Angestellte und eine junge Frau in der ersten Reihe. Das musste Maud Konrad sein. Den Mann neben ihr konnte er nicht genau erkennen. Der Sarg war mit Nelken geschmückt – Blumen, die die Verstorbene nie gemocht hatte. Kurz vor Beginn der Trauerfeier kam eine ältere Dame und setzte sich nach einigem Zögern neben ihn: Elise Tal.

»Ich bin es ihr schuldig. Vielleicht hat Gott ihr verziehen und sie den Frieden finden lassen«, flüsterte sie. »Nur

die Inschrift auf dem Familiengrab wird noch an sie erinnern. So ein Friedhof ermahnt uns immer wieder, wie wichtig diese Toten in unserem Leben einmal waren.«
Das erstaunte ihn. Weshalb sagte sie das? Um ihre Anwesenheit zu rechtfertigen, ihr Gewissen zu erleichtern? Oder nur aus Pietät?
Die Predigt war genauso einfallslos und langweilig wie der Sargschmuck. Kaum ein persönliches Wort, nur der stereotype Hinweis auf Gottes Allmacht und seinen unerforschlichen Willen. Wem soll das helfen, fragte er sich, wo doch alles so schön im Dunkeln blieb. Auch Maud Konrad, die der Priester nur ein einziges Mal erwähnte – als Angehörige.
Nach dem letzten Gebet folgten alle der jungen Frau und ihrem Begleiter in die Vorhalle. Müller Zwo! Was will der denn hier, überlegte Mike Potter. Woher kannte er die Konrad überhaupt und weshalb spielte er an ihrer Seite den Trauernden? Die Sache gefiel ihm ganz und gar nicht. Er näherte sich dem Paar von hinten.
»Oh – Herr Müller. So sieht man sich wieder.«
Der wirbelte herum, Schreck stand in seinen Augen. Am liebsten wäre er davongerannt, antwortete stattdessen jedoch spontan: »Herr Rechtsanwalt Potter. Und das ist Frau Konrad, die Halbschwester der Verstorbenen.«
Zu spät bemerkte er seinen Fehler. Das Gesicht glühte. Mike Potter beobachtete nur die Frau. Fassungslos starrte sie Müller Zwo an, kreidebleich. Die Worte waren kaum zu verstehen.
»Wie war das, Jens? Die Halbschwester?«
»Ich werde es dir nachher erklären. Sie entschuldigen uns bitte.«

Er nahm ihren Arm und schob sie zum Ausgang. Misstrauisch sah Mike Potter ihnen nach. Was wurde hier gespielt?

Elise Tal hatte den Vorfall miterlebt. Er ging zu ihr. »Es regnet, ich bringe Sie nach Hause.«

»Danke sehr. Dann müssen Sie aber noch eine Tasse Kaffee mit mir trinken, ich bin nicht gern allein nach so einem Erlebnis. Das da eben sah nicht sehr feierlich aus, eher wie eine Flucht.«

»So kam es mir auch vor. – Vielen Dank für die Einladung.«

Elise Tal deckte den Kaffeetisch und stellte zusätzlich zwei Gläser und eine Karaffe Cognac bereit. »Meine kleine Leidenschaft im Alter«, setzte sie entschuldigend hinzu.

Er sah sich um. Das Bild von Albert Röder stand noch immer auf ihrem Sekretär. Wahrscheinlich lag auch sein Schatten noch immer über diesem Haus und über dem Leben von Elise Tal.

»Er lebt auch jetzt noch in Ihren Erinnerungen?«, fragte er vorsichtig.

Sie lächelte zaghaft und verzeihend. »Ja, auch der zweite Prozess hat für mich nichts geändert, warum auch? Sie hatten Recht, er suchte den Tod. Für ihn war es eine Erlösung. Er starb in der Gnade Gottes.«

»Aber nach der Lehre Ihrer Kirche ...«

»Ich weiß. Aber Gott vergibt auch den Selbstmördern, die rechten Glaubens sind.« Sie bekreuzigte sich. »Bei den Menschen ist das anders. Ich konnte nicht wissen, dass er Frau und Kind mit dem Fluch ewiger Verdammnis strafen würde.«

Hatte sie deshalb damals zugelassen, dass Frau und Tochter des Mordes verdächtigt wurden, und jetzt versucht, ihren Fehler zu korrigieren?

»Hätten Sie anders gehandelt, wenn Sie von dem Testament gewusst hätten?«

»Ja, aber er hat es mir verschwiegen. – Er wollte christlich begraben werden, nicht außerhalb des geweihten Bodens. Also musste es für die Kirche so aussehen, als sei er getötet worden. Es ging ja auch um die Lebensversicherung, die bei Selbstmord nicht ausgezahlt worden wäre. Er brauchte dazu meine Hilfe.«

»Sie haben ihm bei seinem Selbstmord geholfen? Dann waren Sie die Frau in dem blauen Käfer, die der Hagen gesehen hat?«

Sie schenkte ihm und sich Cognac nach. »Nein, nein, das war anders. Der Albert war Rechtshänder, wollte sich aber mit der linken Hand erschießen. Um keine Fingerabdrücke auf der Pistole zu hinterlassen, zog er einen linken Handschuh an. Ich wartete im Nebenzimmer, das war besser so. Nach dem Schuss zog ich ihm den Handschuh aus und legte damit die Waffe neben seine linke Hand.« Sie faltete die Hände und sah ihren Gast traurig an.

»Und wie lag er?«

»Vornüber zusammengebrochen mit dem Gesicht nach unten. Entsetzlich. Er war bewusstlos, aber ich hatte ihm versprechen müssen, ihm auf keinen Fall zu helfen, sonst wäre alles vergeblich gewesen. Wegen seiner Krankheit wollte er nicht verenden wie ein Tier. – Sie haben das vor Gericht ganz richtig erkannt.«

»Und was geschah dann?«

»Ich lief kopflos aus dem Haus, blieb zwischen den Büschen stehen und starrte unentwegt zu den erleuchteten Fenstern empor. – Nur weinen konnte ich nicht.«

»Dann gab es außer dem Hagen noch einen Zeugen in jener Nacht – Sie. Wie spät war es da?«

»Kurz nach halb zehn. Etwa eine halbe Stunde später kam seine Tochter mit dem Wagen ihrer Mutter und ...«

»Wie bitte? Heidemarie kam? Allein? Mit dem Auto?«

»Ja, allein. Sie ging sofort nach oben. Nach wenigen Minuten machte sie das Licht aus, rannte aus dem Haus und fuhr wieder weg.«

»Und das wissen Sie alles noch so genau?«

Sie sah ihn mitleidig an. »Als wäre es gestern, so etwas vergisst man sein Leben lang nicht.«

»Heidemarie war angeblich im Konzert«, überlegte er laut. »Was mag sie veranlasst haben, um diese Zeit nach Hause zu fahren statt zu der Freundin ihrer Mutter? Wusste oder ahnte sie, dass sich dort etwas Schreckliches ereignen würde?«

»Das weiß ich nicht, wohl reiner Zufall. Seltsam – darüber habe ich mir nie Gedanken gemacht.«

»Gab es einen besonderen Grund, den Selbstmord ausgerechnet an jenem Abend zu begehen?«

»Ja, das Haus war leer. Heidemaries Konzertabend stand schon seit Tagen fest, aber Henriette hatte sich erst am Nachmittag entschlossen, abends ihre Freundin zu besuchen. Gegen siebzehn Uhr rief Albert mich an und bat mich, um viertel nach neun zu kommen, dann sei alles vorbereitet.«

»Könnten Henriette oder Heidemarie das Gespräch gehört haben?«

»Eigentlich nicht.« Sie überlegte einen Augenblick. »Doch, das wäre möglich gewesen. Es gab im Haus mehrere Telefonanschlüsse. Sie brauchte zum Beispiel nur in der Diele den Hörer abzunehmen, um alles mitzuhören. Das würde auch erklären, weshalb sie zielstrebig sofort in sein Arbeitszimmer ging.«

»Um zu sehen, was sich dort abspielte, was dort vorbereitet worden war.«

Seine Gedanken überschlugen sich. Wie hatte Heidemarie ihren Vater vorgefunden? Noch lebend, bewusstlos oder schon tot? Hatte sie den Körper auf den Rücken gedreht? War er dadurch erstickt oder hatte sie sogar nachgeholfen? War es deshalb für sie so wichtig gewesen, ihn erst viel später und nur gemeinsam mit ihrer Mutter zu entdecken? Statt den Notarzt zu rufen, hatte sie ganz automatisch das Licht ausgeschaltet.

Er zuckte zusammen. Das Licht! Das war die Lösung! Einfach, aber schrecklich. Nur Mörder handeln so, um ein vorzeitiges Auffinden des Opfers zu verhindern, kaum ein Selbstmörder erschießt sich im Dunkeln. Und wer jagt sich schon eine Kugel in den Kopf, knipst hinterher die Festbeleuchtung aus und legt sich dekorativ als Leiche auf den Boden? Nur Albert Röder! Da lag der Fehler! Und Heide hatte ihn begangen.

»Weshalb haben Sie eigentlich das Licht brennen lassen?«

Sie lächelte hoheitsvoll. »Aber Herr Rechtsanwalt, erschießt sich jemand im Dunkeln?«

So einfach war das. Elise Tal hatte instinktiv gehandelt – aber falsch. Um es wie Mord aussehen zu lassen, hätte sie das Licht ausschalten müssen. Dieser Fehler wurde von der Tochter korrigiert, aber wiederum falsch. Denn jetzt sah es nicht mehr nach Selbstmord, sondern nach Mord aus. Ein Versehen, weil sie wusste, dass es Mord war?

»Bei Ihrem fantastischen Gedächtnis können Sie mir sicherlich auch erklären, von wem Heidemaries Halbschwester stammt. Sie heißt Maud Konrad und wurde von ihr als Erbin eingesetzt.«

»Die junge Frau, mit der Sie vorhin gesprochen haben, die so merkwürdig reagiert hat? Sie müssen sich irren, lieber Potter. Halb oder ganz – das ist kaum möglich. Den Namen Konrad gibt es in der Familie Röder nicht. Henriette konnte nach Heidemaries Geburt keine Kinder mehr bekommen und von mir stammt diese Maud auch nicht. Das müsste ich ja wohl wissen.«

»Natürlich«, grinste er. »Könnte es noch eine Geliebte gegeben haben?«

»Nein, eine Ehefrau und eine Geliebte reichten ihm völlig, Sie sollten das vergessen, so schlimm war er nun doch nicht.«

Er blickte auf das Muster der Tischdecke, ohne es zu erkennen. Eine Halbschwester, die gar nicht existieren konnte. War sie adoptiert worden? Von Heidemarie oder Henriette? Unsinn, dann hätte Maud das gewusst und nicht so entsetzt reagiert. Gab es sonst eine Verbindung zwischen den beiden Frauen? Nur Maud selber konnte ihm diese Frage beantworten.

»Heidemarie hat weder ihren Namen noch eine Schwester je erwähnt, die Polizei hat bei ihr keine Unterlagen über die Erbin gefunden, ist doch sehr merkwürdig. Möchte zu gern wissen ...«

»Müssen Sie immer alles wissen?«
»Ja, ich hasse ungeklärte Fälle. Der ganze Fall Röder ist ein einziges Fragezeichen.«
»Und was wollen Sie tun?«
»Maud Konrad in der Herrengasse besuchen. Irgendetwas muss die Frau doch mal erfahren haben.«
»Werden Sie es mir dann erzählen? Verzeihen Sie mir die Neugierde.«
»Wenn es nicht zu spät wird, komme ich anschließend wieder her.«
»Fein. Dann lade ich Sie zum Abendbrot ein und wir können den Fall endgültig lösen. Wie Miss Marple und Mister Stringer«, amüsierte sie sich.

Zögernd öffnete Maud Konrad die Tür und musterte ihn stumm und feindselig. Ihr bleiches Gesicht war verweint, das Haar unordentlich, die Augen leer. In ihrem schwarzen Kostüm bot sie ein Bild des Jammers.
»Was wollen Sie von mir? Die Erbschaft? Natürlich! Noch einer! Nehmen Sie das Geld und verschwinden Sie!«
»Falsch. Ich wollte Ihnen nur sagen, dass Sie sich wegen der Erbschaft keine Sorgen zu machen brauchen. Aber muss das hier im Treppenhaus sein?«
Mit gesenktem Kopf und schleppenden Schritten ging sie vor ihm her ins Wohnzimmer und setzte sich wie eine Marionette in einen der Sessel. Ihre Stimme war schwach, aber eisig.
»Der Anwalt von Frau Doktor Röder. Was wollen Sie wirklich?«
Das war nicht Trauer, das klang verbittert, nach Enttäuschung und Schmerz. Er fühlte sich unbehaglich, wie ein

Eindringling. »Die Erbschaft gehört Ihnen ganz allein, ich will damit nichts zu tun haben, ich verzichte. Sie erben sehr viel.«

»Ohne Gegenleistung? Vor diesem Erbschleicher Jens Müller haben Sie mich bewahrt, ja, vielen Dank. Ich habe ihn rausgeworfen, auch wenn ich dadurch wieder sehr allein bin. Und jetzt?«

»Möchte ich nur noch wissen, wer Sie sind, weshalb Heidemarie Röder Sie als Erbin bestimmt hat. Niemand scheint das zu ahnen.«

»Ich selber auch nicht, ich habe noch nie von einer Frau Doktor Röder gehört. Fragen Sie Herrn Müller, der behauptet, alles zu wissen, sogar, wer ich bin. Bis vor ein paar Tagen war ich noch ein armes Findelkind, das im Alter von sechs Wochen in einer Kinderkarre hier in Nürnberg vor dem katholischen Hospiz ausgesetzt wurde.« Ihre Stimme bekam einen hellen, aggressiven Klang. »Sie kennen die Verstorbene, Sie kennen Jens Müller, der kannte eine Henriette und eine Heidemarie Röder, der wusste auch, dass ich in Wien als uneheliche Tochter einer mir völlig unbekannten Henriette Röder geboren wurde, die mich hier ausgesetzt hat, um einen Gesellschaftsskandal zu vermeiden. Er hat meine Spur in Wien und im Hospiz gefunden und ...«

»In Wien? Als Tochter von Henriette? Das ist unmöglich. Wie ist er denn darauf gekommen?«

»Durch einen Buchhalter Peterssen, der in einem Mordprozess eine wichtige Rolle gespielt hat, aber ermordet worden sein soll, weil er die Frau und eben ihre uneheliche Tochter in Wien entdeckt hat.«

»Den Prozess hat es gegeben, den Buchhalter auch, aber

kein Wort von einer Tochter in Wien. Henriette Röder war die Mutter von Heidemarie, aber Ihre Mutter kann sie nicht sein, weil sie kein zweites Kind mehr bekommen konnte.«

»Komisch. – Woher aber wusste die Frau Doktor Röder mein Geburtsdatum? Im Testament hat sie den 6. Februar 1974 genannt. Das wusste ich bisher ja selber nicht. An diesem Tag wurde ich in Wien in einer schäbigen Mansarde geboren, sagt Jens Müller.«

Mike Potter sprang auf. Mein Gott, das Testament! Das Datum! Dass ihm das nicht sofort aufgefallen war. Nur eine Person konnte das wissen – die eigene Mutter! Fünfundzwanzig Jahre lang hatte sie ihre Tochter vor der Welt versteckt. Hatte alles getan, um dieses Geheimnis zu wahren, sogar getötet. Über Leichen war sie gegangen und dabei gestolpert. Welch ein Wahnsinn! Er holte ein Foto aus der Brieftasche und zeigte es ihr.

»Das ist Ihre Mutter: Heidemarie Röder. Erkennen Sie diese Frau?«

Sie lief zum Fenster. »Ja! Ja! Das ist sie! Ich weiß es genau!« Plötzlich lachte sie. »Sie hat regelmäßig bei mir eingekauft und mich immer so merkwürdig angesehen. – Jetzt erst fällt mir auf, dass immer wenige Tage später der Geldbriefträger kam und mir zweitausend Mark auszahlte. Alle vier Wochen.«

»Und von wem kam das Geld?«

»Von einer Barbara von Heil.«

»Von Heil?« Er grinste. »Das klingt nach Anonymität, nach Erfindung, nach der heiligen Barbara.«

»Richtig. Das ist die, die von ihrem Vater in den Turm gesperrt wurde wie ich in das Heim. Die Absenderangaben waren falsch. – Das also ist meine Mutter, war meine Mutter. Stimmt das auch wirklich? Ich meine, ich weiß langsam nicht mehr, was ich noch glauben soll.«

»Glauben Sie es. Ich habe das größte Geheimnis der Heidemarie Röder auch jetzt erst entdeckt – durch das Geburtsdatum im Testament. Eine Mutter vergisst solche Daten nie. Deshalb auch die Erbschaft für die uneheliche Tochter Maud Konrad. Ein seltsamer Name, woher stammt er?«

»Ich wurde am 14. März 1974 gefunden. Die frommen Schwestern gaben mir die Namen Maud und Konrad nach den Schutzheiligen dieses Tages, das ist in kirchlichen Einrichtungen bei namenlosen Findelkindern häufig so. Es verspricht Schutz und Segen. Maud ist ein englischer Vorname, abgeleitet von Magdalena. – Darf ich das Foto behalten?« Er nickte. »Und wer ist mein Vater? Wissen Sie das auch?«

»Das weiß ich leider nicht.«

Schweigend hörte Elise Tal sich Mike Potters Erzählung an. Nach einer Weile flüsterte sie: »Geboren am 6. Februar, das passt, dann ist es also doch nicht ohne Folgen geblieben. Mein Gott, wie schrecklich für sie! Deshalb hat Heidemarie das Kind vor allen versteckt, auch vor ihrer Mutter. Deshalb hat sie ihren Vater tödlich gehasst, aber nie darüber gesprochen. Beide sind arme Kinder – Heidemarie und Maud Konrad.«

»Nicht nur das. Maud ist wahrscheinlich die Tochter einer Mörderin. Heidemarie fand ihren Vater noch lebend vor, bewusstlos. Laut ärztlichem Gutachten soll er auf dem Rücken gelegen haben und erstickt sein. Das kann nur sie getan haben. Statt Hilfe zu holen, hat sie aus blindem Hass seinen versuchten Selbstmord vollendet, das Licht ausgeschaltet und fluchtartig das Haus verlassen.«

»So wird es gewesen sein.«

»Der Nachbar Hagen hatte das beobachtet und musste deshalb sterben. Der alte Buchhalter hatte ihr Geheimnis in Wien entdeckt und wurde ebenfalls beseitigt, weil sonst im zweiten Prozess alles herausgekommen wäre. Ich stand kurz vor der Aufklärung – und ...«

»Sie auch? Wie schrecklich!«

»Ja. Wissen Sie, es gibt einen bösen Spruch, der leider oft wahr wird: *Tu niemandem etwas Gutes, auf dass dir nichts Böses widerfahre.*«

»Eine traurige Erkenntnis für einen jungen Mann. Heidemarie muss den Verstand verloren haben.«

»Im Gegenteil, das alles war eiskalt geplant: der neue Prozess erst nach fünfundzwanzig Jahren – denken Sie an die Versicherung –, der Tod der Zeugen und nach dem Freispruch die Anfechtung des väterlichen Testaments. Sie hätte alles bekommen, doch dann wurde eine Kaffeetasse vertauscht – höhere Gerechtigkeit? Mag sein. Bleibt nur noch die Frage: Wer ist der Vater von Maud Konrad?«

»Was glauben Sie?«

»Ich tippe auf Lutz Volkmann, obwohl Heidemarie mir versichert hatte, nie mit ihm intim gewesen zu sein.«

»Das war sie auch nicht. Volkmann ist nicht der Vater, das weiß ich von Albert Röder. Ich glaube, es ist an der Zeit, auch die letzte Wahrheit über ihn zu offenbaren. Ihnen als Anwalt sind menschliche Katastrophen nicht fremd, mich hat es damals schockiert. – Vorher sollten wir noch einen Cognac trinken.«

Er lehnte dankend ab. »Ich muss noch fahren.«

»Nach all den Jahren spielt es jetzt keine Rolle mehr. Ihnen kann ich es sagen, weil Sie ehrlich und fair zu mir waren. Albert hat mir auf dem Krankenbett gebeichtet, was bei dem Streit mit seiner Tochter wegen Lutz Volkmann tatsächlich geschehen ist.«

Diesmal trank sie das Glas aus und schenkte sich neuen Cognac nach.

»Er beschuldigte sie der Hurerei. Sie bestritt es, verlor die Beherrschung, zog Rock und Höschen aus, zeigte ihren bloßen Schoß und schrie, er solle sich doch selber überzeugen, dass sie noch immer Jungfrau sei.«

»So hat sie mir das auch erzählt. Er hat sie dann vor Wut geschlagen.«

»Das auch. Er war rasend, leider. Er hat sich überzeugt und sie vergewaltigt, seine eigene Tochter. Sie war wirklich noch Jungfrau gewesen.«

Er war wie betäubt, unfassbar die bittere Wahrheit. Mauds Vater war ... »Also ist Albert Röder der Vater seiner Enkeltochter Maud«, flüsterte er.

»Ja, leider. Aber klären Sie bitte Maud nicht auch noch über ihren Vater auf, das müssen Sie mir versprechen. Das Kind kann doch nichts dafür.«

»Sie haben Recht, das ist nicht mehr wichtig. Sie wissen es, ich weiß es, aber Maud Konrad wird es nie erfahren, mein Ehrenwort.«